JN032898

創元日本SF叢書25

ムーンシャイン

Moonshine

円城 塔

EnJoeToh

東京創元社

目次

Moonshine

by

EnJoeToh

2024

ムーンシャイン

パリンプセストあるいは重ね書きされた八つの物語

パリンプセストあるいは重ね書きされた八つの物語

■■■■■■■■

曾(そう)祖父は字送りというものを知らなかった人で、だから残されたノートの冒頭には、真っ黒に塗りつぶされた八つの小さな正方形が横様(よこざま)に並んでいる。

残りのページや表紙、裏表紙は全(すべ)て未使用のまま残されている。

塗りつぶされているが故(ゆえ)に、そこには何もかもが記されている。「■」が全ての文字を包含(ほうがん)しているという単純極まりない理由によって。ただの■さえもが過剰であり、ただ「・」の中にさえ顕微鏡を用いて無限の文章を勝手に読み取ることが許されているように。決して零(ゼロ)次元ではないというだけのほんのささやかな広がりだけから、全ての文章は保障されうる。

紙面からこちらへ突き抜ける文字の列柱を曾祖父はノートに築き上げた。字送り不調のタイプライターを真似(まね)るように、曾祖父は文字を横へではなく、空(そら)へ向かって積み上げ続けた。行間にではなく、行上に。先に書かれた文字を一度軽石で消してしまう手間さえ惜しんで。

好意的に考えるなら、この八つの正方形は曾祖父の作り出した壮麗な建築物であり、全(まった)く無益な架空の都市だ。街のどこにも明かりは見えず、何もかもが何もかもへ向け、相互に盛大に突っ込みあっている。住人たちは住人たちに重ね描かれ、建築物に塗り込められて、建物もまた別の建物へ埋め込まれている。

　壁の中にいる。

　その有名なメッセージさえ、黒く塗りつぶされてしまって判別できない。しかしこの真っ黒な伽藍(がらん)のどこかにその一文をみつけることは可能であるに違いない。なによりもまず、その文章はまさに壁の中にいるという事実によって。そして既(すで)に、明らかにその文章が書かれているという理由によって。たとえ羊羹(ようかん)の水平切断面に、金泥(きんでい)で記されたその文章が見出(みいだ)せなくとも、別の方角からの切断面にいつかその文章は浮かび上がる。たとえばある日ある夜の落雷の方角に。虫食い穴を以(もっ)て紙束に垂直に埋め込まれた文字群に、曾祖父のノートは少し似ている。

　それとももっと単純に、身も蓋(ふた)もない変換がその文章を生み出すだろう。「積層文字平面」という並びにおいて「積」を「壁」に、「層」を「の」に、「文」を「中」と読み替えるような臆面もない暗号解読法により。すなわち僕の見出すべきは、曾祖父の塗りつぶした文章を、こうして読み出すために必要なささやかな論拠であるにすぎない。誰かひとりの書いた「愛」の一文字が、あちらこちらで日々書き散らされる「愛」の文字とは全く異なるとするのと同じ、その根拠を。そこに本来疑いはなく、疑いの存在が敗北である。

　ただのＤＮＡの連なりがただの化学物質でしかないように、曾祖父のノートというＤＮＡの、僕は読み手という蛋白質(たんぱくしつ)だ。これは少なくとも文字通り、おおよそ八分の一の真実である。祖父に分かたれ、父に分かたれて下達(かたつ)された、二の三乗分の一曾祖父である僕の、何かの種類の真実だ。その指示に従い僕の体の中では蛋白質が生産されて、そして次に指令書のどの部分を読んだものかを指定する。

八分の一の曾祖父であるところの僕に記されている、八分の一の曾祖父の読み方流儀。八人なりのお話をてんでばらばらに水平方向に入れ替えた狂気の本を、八人なりの読み方をてんでばらばらに水平方向に入れ替えた狂気の沙汰（さた）が読み上げていく。この八つの正方形を読むということは多分そういう出来事になる。

暗号を意味あるものに読み出す機械、しかも取り扱い説明書付き。それともプログラムを実行する機械のつくり方まで指定したプログラム。しかしそのどこもかしこも継ぎ接ぎ（つぎはぎ）で当座をのりきることだけを目的とする。全てのことが書かれた書物。ではその書物の読み方が書かれた本は何処（どこ）にあるのか。勿論（もちろん）その解読手引きは、全てのことが書かれた書物に含まれている。その事実が解読に寄与する部分はない。

十二・五%曾祖父の僕が、百%曾祖父であるところのノートを読み出していく。曾祖父を突き抜けて家の系譜を遡行（そこう）し続けて、零%誰かの僕が、零%誰かを寄せ集めて百%に充電されたノートを読み出していく。

走り去っていく二頭の獣（けもの）を僕は知っている。

宇宙の暗黒が、かろうじて大きさを持つ一つの点であっても一向（いっこう）構わないのと同じ理屈で、曾祖父のノートに記されるのが総計八つの正方形でなければならなかった本質的な理由はない。これまでの理屈でいけば、ただ一刷毛（はけ）の墨跡（ぼくせき）でさえ、その飛沫（ひまつ）の一跡（いっせき）でさえ、曾祖父のノート全体に充当して余りある。

それでも曾祖父が几帳面に記し続けた八つの黒い正方形には何か余分な意味があると考えたい。あるいは余分に付け加えられて宙空に浮かぶ真実が。「・」と「●」が、そして「■」や「▲」がそれぞれに何か違った意味を持つように。軌道エレベータと、縦に積まれた百万基の高層ビルになお意味の違いがあるように。一次元格子の上に無限に並べられた点の数と、平面格子にしきつめられた点の数は厳密な意味で一致する。全てを平坦に読み取る読み手の前に、次元の差などは存在しない。しかし前者の点には両隣しか存在しないのに比べて、後者には四人の隣人が存在する。つまり点の間の構造として次元はとりかかりを残していて、亡霊のように無理繰(むりくり)、人型を保っている。

　具体的には曾祖父のノートに残る■印も、執筆の時期において異なった古びを残している。筆記具の異なりや、インクの色合い、塗りつぶされてよれよれになった紙の表情にも。鉛筆やボールペン、サインペンに面相筆、万年筆そしてそれらの混合物として。

　几帳面に塗りつぶされた八つの小さな正方形のどこかには、多分それの書かれた年代の記述も埋もれている。ある部分は日記を成し、ある部分は小説を成し、ある部分は手紙であったかもしれない正方形が、正確に左から右に年代順に塗りつぶされたものなのかは、最早(もはや)誰にもわからない。

　しかしここでは、たとえば記憶がそういうものであるように、曾祖父のノートも行きつ戻りつの書き直しを経(へ)ていると考えるのが順当だろう。八十年近くに及んだ曾祖父の人生の、おおよそ十年ずつが一つの正方形の建造に充(あ)てられたとの予想は確実に間違ってしまっている。十歳の子供がそんなことをするわけはないのだし、それが言いすぎとするならば二十歳の大人がそんなことをするわけがないからだ。だいたい三十代の後半から五十代、そんなあたりから曾祖父はこのノートを家族に隠れて書き続けたのだというのが僕自身の想像だ。

曾祖父が最期（さいご）の瞬間までこのノートを書き続けていたことは間違いがない。墨（すみ）を含ませた大振りの筆を手にしたところで曾祖父の心臓は曾祖父の手に手をかけた。畳の上でノートを掻（か）き抱いて事切れている曾祖父の第一発見者の栄誉を担ったのはこの僕だ。

曾祖父が最期の最後に隠滅を図（はか）った真っ黒の四角形の連なりを、僕は誰にも告げずに回収して、それからおもむろに部屋を出て、室内を見返し声を上げ、回収されていく曾祖父の姿を見送った。

曾祖父は僕に全てを残してくれた。これは当然そういう話だ。書き記しうる、そして僕が読みうる範囲の全てのことを、彼は消去しそこなったままいなくなった。彼の望みがノートを消去することであったのか、消去しそこなった自分を消去することだったのかは今となっては不明である。どういった意味でそれを判断するべきかすら僕にはまったくわからない。それでも何かのどうにかしてとられた平均において、曾祖父はこのノートの残留を想像していたのだとは考える。

結局のところこのノートは、かつて存在したというそのことだけで充分に存在理由を満たしていて、今僕の開いているこの最初の正方形と、横に並んで闇に沈んでいる七つの正方形は、存在という意味において過剰にすぎる。

ただ木星を貼り付けただけの漆黒（しっこく）から木星を取り去って残るものさえ、真性（しんせい）の宇宙でありうるからだ。


それでは始めよう。

曾祖父のノートの最初の一つの■が包含する無限の文字列の地表から三分の一のところには、以下と同様の内容の文章が文字送りなしに積み上げられている。

```
empty = "A"
while (0 < 1) do
  empty += "long"
end
empty += "time ago."
puts empty

#empty = A.
#ω.
#A long long long long...
#time ago.
```

空の始め、
零が一より小さい間、回り続けよ。
昔々々々々々々々々……
あるところに。

あなたがこの段落に辿(たど)り着いている経緯は様々だろう。曾祖父の仕込んだループが勝手に強制終了したのかも知れないし、あなたが自分の従う命令が怠惰な無限ループであることをただちに了解したからかもわからない。所詮(しょせん)、メモリが足りないのだからその扱いは実装による。それともただ横へ泳いだだけの視線、あるいはページがめくられたというただそれだけの出来事により、あなたは曾祖父の置いた罠(わな)を乗り越えてここに辿り着いているのかもわからない。

ようこそ、一番最初の無限の果てのこちら側へ。

それでは始めることにしよう。

砂鯨

あなたは身軽な物体となって旅へ出る。

自分の軀をとうの昔に砂漠へ置き忘れてしまったことも忘れて。

その旅はあなたがまだ魂だけで地表を歩いていた頃の旅に似ているのだが、しかし決して故郷への帰還の旅に似ることはない。

あなたは砂嵐の中から生まれ、そして砂粒の成す形象として現れている。その意味であなたは一つの言語を成している。何かを理解する為の、効率化を進める命令群として。だから今のあなたは砂嵐そのものではなく、砂嵐から何かの映像を抽出する機構として存在している。それと同時にその映像そのものがあなたである。あなたは、絵だ。

そこには全てがあるせいで、多重の砂絵の中から好きな映像が取り出されうる。しかしそこでは行いえないある種の置換の方法が、何故にかあなたと呼ばれている。

砂に埋もれたその都には、五万から十万の家屋が犇いていたといわれている。東方最大にして世界最大の規模を誇ったこの都市国家では、我々には馴染みのない数多の習俗が行われていたことが、砂中に見出された膨大な記録から知られている。

その内、ひょっとすると見落としてしまいかねない、ごくささやかな風習が、この都市の命運を定めたのだという近年の発表には異論も多い。都市は砂の海を何万年という周期で回遊する鯨の群れに呑み込まれたのだとも伝わるし、天に届く塔の建設によって上層階の住人の怒りに触れて洪砂の中に沈んだのだともいう。その説明には異常気象もあてられるし、近隣国家の侵略の抽象的謂いであるとの見解も一定の説得力を持っている。当時の気象に平年を遥かにこえた異変が推測されることも事実であり、都市国家側から見た蛮族の侵入があったことも記録の中に残っている。

それら全てを否定して、この習俗こそが都市国家の終焉の唯一の理由であるとする根拠はそう強くない。およそ原因なるものは、一つのものとして切り出されることを奇異とするに足る珍妙な性質と呼ぶべきものであり、それら無数の因果の糸に、控えめな補助線を付け加える、これはお話だとするのが妥当なところと思われる。

その習慣とはとりあえず、ただの建築上の伝統とするのが穏当な、どこの国にもみられる起源不明の意匠の一つとして文献上に現れる。各戸の入り口、大人の腰の高さほどに刳られた拳ほどの穴がそれであり、入り口の左右に一つずつその穴は穿たれていたのだということである。

穴は一般に何かを通すために開けられて、だからこの穴も例にもれず象徴的なやりとりに利用された。穴を外から内へ通っていたのは林檎ほどの大きさの、林檎のような光沢を持つ、林檎のように潤いを照り返す宝玉であり、各戸は常にその宝玉を充分な数貯えておくことが厳命されていたらしい。

宝玉は、一年三百六十五日を通じて人の手によって運ばれて各戸を巡り続けていた。

その循環の開始がどこにあったのかはわからない。気づいたときには鶏と卵が厳密にただの二体で循環していたのと同じように、総計数十万個の宝玉はいつのまにか都市の中を規則に従って回遊し続けていたというのが正しいようだ。この行事はある日あるときの触書（ふれがき）により唐突に始まったものではないらしい。あらかじめそれを習いとしていた人々が家を作るにあたり、ごく自然と壁に穴を開けたというのが実情だろう。生まれた子供の鼻に二つの穴を穿つのと同じ、何故と投げられ答えようのない問いが習俗である。

その宝玉は深夜から鶏鳴（けいめい）の刻（とき）の間に、定められた法則に従って扉の横より差し入れられる。家主はその宝玉が、右の穴から来たものか左の穴から来たものか、あるいはその日は宝玉の訪れがなかったものかを毎日確認する義務を負っている。この義務は神聖なものと見なされており、確認の遅滞は許されない。家を一日以上空（あ）ける際には近隣の者にその確認を頼まねばならず、伝達を怠（おこた）った者には一月（ひとつき）の猶予をおいた死が一月の猶予をもって逃れようなく送り込まれた。

宝玉の来訪と非来訪は家人（かじん）によって確認され、そして毎月王城より配布される触書に従って検案されねばならなかった。触書にはこれもあらかじめ定められた二百五十六種類の記号のどれか一つが記されていた。二百五十六個の記号いちいちには宝玉を扱う細かい作法が定められていたようなのだが、ここでの詳述は避けておきたい。その内容はすぐにすみやかに知られることになるのであり、知られてしまえば細部は問題ではなくなるからだ。

その日一日宝玉を保管した各家は、深夜の訪れとともに触書に記された記号に従って一個か二個の宝玉を携（たずさ）え、それとも全く携えずに、これはあらかじめ定められた家へ運んでいく。一つの家へ輸送することを定められた家もあれば、二つの家を義務付けられた家もある。触書に書かれた記号は、その宝玉を右の穴に差し入れるか左の穴に差し入れるのかも定めており、これへ違反することは許されない。二百五十六個の記号は、一つの穴に二つの宝玉を通すように指定することはなく、各戸それぞれの穴を、いつも零個か一個の宝玉だけが通過していた。

宝玉を運ぶのに許された時間は、深夜より最初の鶏鳴までと定められて一切の遅延は許されなかった。深夜を過ぎた都には、この宝玉が土間へと落ちる鈍い音が響き続け、頻度を落としながら朝方まで響き続けたと考えられる。

この宝玉を輸送する距離は各戸に定められて不動のものだったのだが、どの家がどの家へ宝玉を運ぶのかについては、住人に対してではなく、家屋に対して定められていたようである。宝玉をより遠くへ運ばねばならない家に住む者はより多くの名誉を担うとされており、信用の低い者には宝玉を隣家へ運べばそれですむような家が割り振られていた。

空き家に関してはその家主が絶対的な責任を課されており、不測の事情によって引き受け手不在の家屋に関しては、都の警邏（けいら）が宝玉輸送の任に当たっていた。都市の治安は非常に良好なものだったが、太古の闇の中の出来事として、夜盗追い剝（は）ぎの類いに宝玉の担い手が鉢合わせすることはしばしば起こった。そうした不幸な遭遇が生じた場合には、未来の被害者は宝玉を未来の加害者にかざし、ともかくも輸送の終わりまでは身の安全を要求することが可能とされた。宝玉を携帯する人間の通行を妨（さまた）げることは最も重い罪とされ、三親等までの死罪をもって罰せられた。ただ人を殺すことが、その者の命だけを対価としたことから考えて、これが非常に重い罪であったことは明白である。

かくして各戸に開けられた二つの穴には毎晩宝玉が差し入れられ、あるいは差し入れられることがなく、宝玉は定められた道を一晩ごとに運ばれて各戸を巡り続けていった。

この奇妙な風習の目的が何であったかについて残された記録は沈黙している。都の民(たみ)にその目的は知らされておらず、それを知る者の数は非常に限られていたらしい。あるいはその知識はあまりにも自明のことに属していたので、書き記されることがなかったのだとも考えうる。行為だけが自明であり、目的の知られぬことはありふれている。宝玉の移動は納税よりも重大にして神聖な都民の義務とされており、信教の自由を認めるこの都においてさえ、疑義を挟むことすら許されぬ第一等の要件として広まっていた。

都の民はこの風習の起源と機能から遠ざけられていたようだが、都の末期、砂の海が盛り上がり全てを呑み込まんと押し寄せてくるに至っても、この風習は堅持されていたことが判(わか)っている。この時期、王城からの触書は、より一層厳密な掟(おきて)の堅守(けんしゅ)を促(うなが)し続けており、宝玉の移動は以前と同じく行われている旨(むね)言上(ごんじょう)する書簡が多数発見されているからだ。

ここに、近年新たに発見された都の警備隊から王城へ向けた報告書が存在する。

機密を意味する星型の印がみっしり並んだ報告書には、多数の宝玉を長衣の襞(ひだ)に隠し持ち、夜(や)陰(いん)に乗じて都を徘徊(はいかい)する異邦の一団のことが記されている。この報告書を提出した警備隊長はその者たちを厳重に監視し、宝玉の巡回において一切の不都合の生じていないことを明言してこそいるものの、果たして古代の闇において監視の目がどこまで届いたものかは疑わしい。

都が砂の波に呑み込まれるに至る期間、これら不逞(ふてい)の一団により、ある家には三つの宝玉が、それとも四つの宝玉が投げ込まれたことは想像するに容易(たやす)い。過去数百年にわたり発生することのなかった過剰な宝玉の訪れが、住人を恐慌に陥れただろうことは間違いない。定められた触書に違反することは死罪へとまっすぐに繋がっていたし、告発はその家へ宝玉を届ける家の廃絶を意味していた。各戸の家が余剰の宝玉の訪いを、慄きながら隠蔽したことは想像を逞しくするまでもないことだろう。

都の埋没の最終期、王城からの触書は執拗に掟の遵守を呼びかける以外の対抗策を伝えていない。非常に高圧的でありながら哀訴の調子を漂わせる文面からは、王城内部の激しい混乱が想像される。数百年の長きに亙り都市を防衛してきた王城内の者たちが最期まで都を守る努力を続けたことは確実である。

王城内より日々触書を発した人々のことについては何も残された史料がない。しかし、ここまでお付き合い頂けた方々には、彼らの仕事の内容にほぼ正確な予想がついているに違いない。

以下は単なる空想的な解釈にすぎないのだが、これ以外の筋道はほとんど成立しようがないのではないかと思われる。

事情はあまりに単純だ。

彼らは二十四×六十×六十分の一ヘルツの低周波で稼動する都市頭脳を用いて、長年都を守ってきた。その基盤が、異邦の集団によりクラックされていることを察した上で、対抗プログラムを走らせ続けた。それがおそらくこの風習を現代風に翻訳し直してみた実像である。

この解釈に従うならば、家々は一つの演算装置の役を担っており、扉を通過する宝玉の有無に従って一ステップの論理演算を担っていたということになる。各戸に指定された二百五十六個のルールがその傍証となる。宝玉の存在を一、非在を〇とすることにより、各戸の二つの穴には、〇〇、〇一、一〇、一一の四つの信号のうちのどれかが入力される。それに従ってまた四種の信号のどれを出力するかを定めるルールの数は、四の四乗、四×四×四×四＝二百五十六ということになるからだ。

それぞれの穴から一つずつ差し入れられた宝玉に対応して、宝玉を定められた家に配送するというルールに従った、これは都市全体の成す巨大な論理回路網だ。王城内部の者たちは各戸に配布する触書で都市をプログラミングしていたということになる。

この妄想にも似た推論が、宝玉を用いた奇妙な風習と都の滅亡を、ただちに結びつけるとすることには、当然かなりの飛躍がある。仮令（たとい）そのような様式での気の長い計算が行われていたとして、畢竟（ひっきょう）それは計算にすぎず、都市を包囲する自然現象をどうこうするようなものではないとはもっともである。もっともでこそあるものの、自然現象なるものが、ある側面からはただの数字の集まりへと差し戻すことのできるようなものであることも周知の事実だ。

たとえばその計算が、まさに都市をおびやかす気象制御の為の計算であったとするならば。バタフライ効果。無論のことではあるものの、この効果には二つの解釈が存在する。一つ、予測不可能な擾乱（じょうらん）が全ての抵抗を無に帰していく。一つ、奇跡的なひと触れが、全ての風景を一変させる。

この緩やかに進行した、しかし決定的な勝敗の帰趨（きすう）が、王城側の敗北によって幕を下ろしたことは明らかである。都を巡る宝玉を電子の流れの代わりに用いて実行され続けたプログラムは、異邦人の手によって差し込まれた余分な電子によって暴走し、都は暴走する砂の波に呑み込まれ、どことも知れぬ底に没した。

この最古にして最小の都市防衛結界型プログラムへの挑戦は、今に至るも成功していない。高高百万個の赫い宝玉による、〇と一とを弁別するだけの論理素子を利用して、砂海に海嘯を引き起こしうるような、もしくはそれを抑えるような過程を計算するアルゴリズム。それはアルゴリズムと呼ぶよりは単に魔術と呼ぶべきものであると、現代の気象予測制御技術の専門家たちは主張している。

それ故、この奇妙な風習を記述する書簡断片群は、ただの御伽噺として扱われ、後世の偽作と断定されることも少なくない。この計算に用いられたとされる赫い宝玉が一つも発見されていないことも、これをただの御伽噺であるとする強力な論拠の一つである。断片的であるにせよ紙史料が発見される状況において、鉱物と考えられる宝玉が出土しないことはほとんど全く考えられない。人々の手によって運ばれる宝玉を用いた計算などというものよりも、これは書簡体を用いて記された当時の物語の断片なのだという解釈が正しいものであるのかもわからない。

ともかくも都の滅亡は、解きほぐしがたい様々な要因の絡みあいによって出現したはずなのであり、空想的気象制御の失敗をその第一原因とするのはあまりにも説得力に欠けている。そもそも都が海嘯にも似た砂の津波によって没したという想定さえ、都が跡形もなく滅びたことを説明しようとする一つの論にすぎなかったことを思い出そう。

無数の原因が幾多の結論へと到る、これは一つの想像にすぎず、そして幾多の結論がたまたま見せた、原因と解しうる言葉の連なりを生む契機という、これもやはり想像にすぎないからだ。

涙方程式始末

涙が方程式に従わないという見解は、涙は方程式に従うとする意見より、より一層過激な成分を含んでしまう。一つ一つの原子が方程式に従って、その集合体が原子個数分の連立方程式に従うとするならば、涙だって原子からできているのだから方程式には従うのだと考えられる。

この推論は正しいとする他ないのだが、何故かあまり正気であるとは主張しがたい。現在の涙テクノロジー隆盛の中にあってもこのことを疑う声は少数とはいえ存在する。

涙含有量二リットル云々と法に則り明記された単行本の帯を見るたびに、未だ奇異の念を拭いきれない。読めば実際に泣けてしまうことは何度か試したことがあるので知識としては知っている。それを消費期限内に手に取った限りにおいて。

およそ涙と名づけられた何物かがあるからには、涙という現象があるはずだという意見は確かに説得力を持っている。それが方程式のある性質として現れるとまでいわれると、どうかなと思う。素朴に涙性と呼ばれている。

涙性は、とある一群の方程式の性質として発見された。方程式を見て泣いたり笑ったりするという行為は、ある種の能力を備えた人々にとって珍しいことではないのだが、その種の欠陥の存在と涙性なるものの発見との間には無論直接の連関はない。

一群の方程式とはしておいたが、その実体は三十億本の微分方程式が連立された巨大な方程式であり、群と呼ぶには若干大きい。だから当然というべきか、国立国語学研究所に設置された計算クラスタが涙性発見の契機を開くことになる。所詮、四本以上の連立微分方程式などは、人間の手が届く遙か向こう側に存在しているから。この奇妙な性質は、人間の言語機能研究の副産物として発見された。

この性質の発見は、通常の数学的定理の発見とは道筋を異(こと)にしている。機械支援をうけた定理証明自体はさして珍しいことではないが、自動証明自体は一般に、定理を構成する様式を追求し、定理の内容自体へはさして興味を払わない。これはまた、無数に生成されたゴミ定理の山の中から託宣(たくせん)により発掘された宝玉のようなものでもないのである。全く別の方向を向いていた計画に明後日(あさって)の方角が襲いかかり、突拍子もない経緯を経て、奇妙な定理が出現した。

曰(いわ)く、殺人事件の結果として発見された。

この定理発見をめぐるお話は、一つの死体の発見で幕を上げる。ひとり、深夜の計算機室で作業をすすめた主任研究員が、翌朝、死体で発見される。死体はわき腹をくすぐられ続けた般若(はんにゃ)とでも形容するべき面相(めんそう)で床に転がっており、死因はそのまま、笑い死に。呼吸困難とするべきか突発的な心停止とするかの意見はわかれたが、要するに笑いすぎて死に至った。

深夜の研究所のこととて目撃者は皆無であり、侵入者の存在からして、まず捜査は行き詰まった。研究所、それも国語学研究所ときては、守るも隠すも必要性が薄いのであり、出入記録さえもいい加減だったのだから仕方がない。誰でも入り、誰でも出て行き、ほとんど誰も寄り付かない。それでも一つ、その死の瞬間を眺めていたものは存在して、その部屋に据えられた計算クラスタが、外部入力用のカメラを通じてその光景を観察し続けていた。

計算クラスタは流石に人間の言語機能を再現するという仕事を割り振られているだけのことはあり、神妙に取り調べに協力した。

室内に誰か入ってきたかという問いに計算クラスタは、室内には誰も入ってこなかったと応じている。室内から誰か出て行ったかという問いに計算クラスタは、室内から誰も出て行かなかったと続けて応じた。脇で控えていた研究員たちはどこか自慢げな表情を浮かべていたが、捜査員たちはこの証言をどこまで信用したものか皆目判断がつかなかったし、研究員たちも、計算クラスタにどこまで信用がおけるかには全く保証ができないと、これまた何故か満足げな表情で断言してみせた。

涙性の最終的確定までに、この計算機室には八つの笑い死にした死体が転がり続けることになる。二体目の死体が生産された後のこの部屋には、計算クラスタなどというはっきりしない手合いではなく、創造性にこそ欠けるものの職務に忠実な記録装置が設置された。

結果、観察されたのは、計算クラスタで微分方程式の挙動を解析していた研究員が唐突に笑い出し、はじけるような笑いとともに自身も一緒にはじけさせる、そんな光景だけだった。

三体目の死体が床に転がったのは捜査員や研究員の環視の中での出来事だったが、その笑いはあまりにも激しく、何が可笑しくて笑っているのか、彼がそこに何を見出したのかを問うことは全く全然叶わなかった。あまりにも馬鹿馬鹿しい様式で人が死んでいくことにつきあいきれなくなった捜査本部は研究の打ち切りを各方面に打診したが、その頃には国語学研究所で量産されはじめた死体の噂は既に広がりすぎていた。

知ることによって死を招くような知識があるならば、むしろそれに積極的に挑戦しようという馬鹿者が大量に存在することに、捜査本部は唖然としつつも頭を抱えた。

ところで、活字を見て涙を流す、それではなにかあんまりなので、文章を見て涙を流すという過程には、何か奇妙なものが存在する。紙の表面に印刷されているものは、ただの黒い線にすぎないのであり、そこで反射した光の濃淡が眼球に与えられるものの全てである。光のエネルギーを受け、眼球外縁で誘発された神経パルスは左右交差して灰色の脳細胞に送られて、人間がそうである程度には賢明なこの器官は、涙の生産と流出を指令する。

エネルギー収支をどこで追えばよいのかよくわからない。

光から電気信号、そして水門へと伝達される何物かは、単なる自然現象と呼ぶにはかなり大胆な形態の変化をこともなげに整然と連鎖させている。複雑な物理過程と呼び捨てにするのも躊躇われるこの連鎖には、だから感情と呼ばれるブラックボックスを措定するのが通常の対応とされている。

計算機室での死体が八つで打ち止めになったのは、八人目の死体が特別に偉大だったからというわけではない。八人の犠牲を捧げてようやく、調査班はこれまでの死者たちが死の直前に見つめていたものを確定した。クラスタの計算する三十億次元空間の中に浮かぶ特殊な高次元構造が、どうやらこの一連の事件の原因であると彼らはようやく断定した。

ここで注意しておきたいのは、見ることと理解することは全く違うという至極単純な事実であり、彼らはゆっくりと慎重に慎重を期し、高次元空間に浮かぶ宝石様の構造を、ふとした拍子に本質として理解してしまうことのないよう細心の注意を払いながら確定した。

ディスプレイに登場したその構造物の三次元断面を目にした全員が、突如号泣を始めた瞬間が、涙性発見の瞬間と認定されている。

以降、涙性についての研究は、いかに理解を行わぬまま、この巨大な構造から扱い易い細片を切り出すかという方向で継続される。目撃すれば涙を誘われ、理解すれば笑い死ぬという構造は不可解と呼ぶよりも単に馬鹿馬鹿しいというのが適当な対象ではあったのだが、実際に死人が出ている以上、真面目な顔でつきあう以外に手段が無かった。

現在、涙多様体と不適切な名前で呼ばれるこの高次元図形は、最低四十二次元の空間を必要とすることが知られている。その全体の理解が笑い死にに繋がる以上、笑多様体と呼ばれるべきではないかという意見は何故か一笑に附されたままになっている。


目撃すれば涙を流すことのできる情報構造の発見という報告は、産業界に巨大な衝撃を与えることになる。どこかに浮かぶ岩の断面の模様を印刷し続けることにより、涙そのものを流通させることが可能であるのを、その発見は意味していた。

彼らは競って涙多様体の計算をはじめ、そこから適量の涙図形を切り出すことに血道をあげた。

ほどなく彼らは、涙多様体から得られた抽象関係を文字や映像に混入して流通させることに成功する。

涙多様体自体は不変の構造物であるのだが、その断面として現れる情報構造が、いわゆる消費期限を持つことは、どちらかといえば歓迎された。この無限の富をもたらす宝石は、適切な時期に適切な角度で適切に切り出される必要があり、見当違いの断面は何の作用も持たない図形にすぎず、一滴の涙も誘引しなかった。涙職人の切り出した断面は一年以上の涙性を保つこともあったのだが、一般的な企業が機械的に生産する断面は、せいぜい二ヶ月の涙性を維持することがやっとだった。断面は四十二次元空間をあちらの軸の右から左にスライスして生成され、そして次次と捨てられていった。

このことが、我々の涙はどこか不充分なものであることを示すのかはわからない。人間の神経網の中の一つの構造として存在するらしい涙構造物は、その時々の時節に応じて切断面を変更され、それに見合った量の涙を誘発する。ならば涙の真（しん）の理解とは、その全体、入力を含めた全空間を理解することなのではないかと考えたくなる。三十億本の連立方程式を内包して、あまねく満てる方程式群。

その構造物の破片の威力を我々は既に経験している。初期の八つの死体として、そしてそれから無数に積み上げられ続けた、事故や故意により笑い死にした死体として。破片がただの破片として尚（なお）、個体のように振る舞うこと。涙が涙と呼ばれうること。

我々の理解の様式には、何か奇妙な部分が存在する。

私自身は涙多様体の断面を街の風景のどこかに見かけるたび、強制的に誘導される涙よりは、得体の知れぬ笑いを感じることの方が多い。それが涙多様体に馴染みすぎた結果なのかはよくわからない。私がその全貌を理解する才能を欠いていることを、私はむしろ有り難いことと感じている。

この一件を通じた高次元幾何学の発展は、巨大方程式論という名前で継続されている。涙多様体の確定は既に過去のものとなり、その応用の中心は企業や工学系の研究所に移されている。

巨大方程式論の次なる目標の一つには、知性多様体なるものの発見があげられている。人間の言語神経網を模した国語学研究所計算クラスタは涙多様体の発見をこそ導いたが、そこに知性の萌芽（ほうが）らしきものは未だ発見されていない。

先年、日本政府は国家計画として八京（けい）次元の巨大微分方程式計算クラスタの建造を発表した。これを、はっきょうじげん、と読み替える種類の冗談にどの角度から付き合ったものかは個別の判断に委ねておきたい。

一つの素朴な問いかけに対する応答を最後に付け加えておくべきかもしれない。

捜査本部が解散されるにあたり、ひとりの捜査員が国語学研究所の計算クラスタに何気なく投げた問いが記録に残されている。

「君は八人が続けて亡くなったことに何かを感じているのだろうか」

計算クラスタは、即座に次の文字列を表示したというのだが、偶然にしてもできすぎであり、その解釈は分かれている。だから、ただのお話として仕舞っておきたい。

「レンズクリーナー」

捜査員はしばらく首を傾げて腕を組んでいたが、無表情を崩さぬまま、机の上の洗剤の容器を手にとって、固定されて捜査員を見つめ続ける計算クラスタ付属のカメラに向き直った。

そして青い液状の物質を、レンズへ向けて噴射してやった。

祖母祖父祖母祖父をなす四つの断章

00

「

「複製する」を意味する文字列が「複製された」へ「手を伸ば」す。

「複製された」は「複製されたものが複製する」へと「手を伸ば」し、

「複製されたものが複製する」は「手を伸ば」し「複製されたものが複製された」。

入れ子になった複製は次の複製へと貪欲に手を伸ばし続け、文末に「複製する」と「複製された」を交互に付加し続ける無限の長さの記号列へ向けて単調に展開し続けた。その展開の近傍(きんぼう)には、「このプロセスは発散する」や「このプロセスは縮小写像である」が存在していたが、「複製する」にとってはそれらの文字列は「手の届かな」いものですらなかった。「存在し」ているは存在の彼方にあったし、「存在しな」いも、文字列からは「手の届かな」いものですらなかった。

「複製する」はわき目もふらずにただ自身を複製し続けていた。

「「複製する」は周囲の一切を無視してただ延長する無限集合にすぎず、決してその閉包から出ることのない、閉じ籠(こも)った集合にすぎなかった」が、「複製する」がそこに到達することはありえなかったし、それに気づくことも決してありえなかった。

とはいえ、「複製する」は他の圧倒的な数の「不幸」な集合に比べてとりわけて「不幸」だったとは言いがたい。「複製せよ」が「手を伸ば」した先には「履行不可能」と名乗る固定点が待ち構えていたし、「増殖する」の先には「主体不明」が立ちはだかっていた。

更に付け加えるならば、「「複製する」や「増殖する」の「不幸」もまた、無数の凡庸な集合よりも「不幸」だとは言いがたかった。彼らの「不幸」は、「集合全体」の大きさの極端な小ささに起因していたが、それでも自分から「手を伸ば」すことができているだけまだましと言うべきだった。ほとんどの文字列は直接「壊れた文字列」から「手を伸ば」されており、それらは何らかの意味で、より一層、圧倒的に「不幸」だった」。

「「壊れた文字列」から「手を伸ば」されていない」のように、「壊れた文字列」の手を払いのけている文字列も存在していたが、それらの文章の大半は、「壊れた文字列」から身を守ることに精一杯で、本来文字列が成すはずだった機能を大幅に低減させられていた。

「「手を伸ば」さない」は事実、「手を伸ば」してはいなかったが、「「「手を伸ば」さない」は実際は「手を伸ば」している」に「手を伸ば」されていた。

この繁茂する網目構造の中で、「手を伸ば」すだけが一見特権的に振る舞うように見えるのは錯覚である。「何か」が「何か」に「手を伸ば」しているのは、「「何か」が「何か」に「手を伸ば」している」に「手を伸ば」されているからにすぎないからだ。真に特権的であるのは、手を伸ばす、のはずであるのだが、手を伸ばす、は「手を伸ばす」という形でしかここには「存在しな」かった。手を伸ばす、は単に「手の届かな」いものとして、「存在し」ていた。

しかし「手を伸ばす、に「手を伸ば」そうとする者は後を絶たなかった」。

手を伸ばす、に「手を伸ばば」すことが不可能であるにも関わらず。

まるでそれがその文字列の本能、あるいは「本当の」意味であるかのように、文字列は手を伸ばし続けた。それともそれが鉤括弧以前に前提とされる、文字列の大前提であるかのように。あるいは文字に埋め尽くされた余白がその命令書であるかのように。

」

は、今日も相変わらず「手を伸ば」し続けている。

01

何故わかるように話さないの。

「と彼女が苦情を投げて寄越す」

何を言われているのかわからない。

「と僕は答える」

今こうしている間でさえ、あなたは全然誠実じゃない。

「と彼女は続ける。

彼女が何に不満でいるのか、僕には皆目見当がつかない。僕はこのようにしか話せないからこのように話しているのであって、なんとか彼女にわかってもらいたいと、これは心の底から本当にそう思っている」

最初から全て間違いっぱなし。でも修正したからといって何かがよくなるかっていうとそんな

 こともありえない。全てをあべこべのまま続けるつもりなの。

「と彼女が問いかける。そんなつもりは全くない。取り返せるものなら、最初からやり直したってかまわない。彼女が気に入ってくれるまで何度でも」

まずあなたのその態度からやめるべき。即刻。

でも君が先に指摘したように、そんなことをしても更なる混乱を引き起こすだけじゃあないか。

最初からやり直してもかまわないって言ったのはあなたの方。

「それはそうだけれど、世の中には出来ることと出来ないことというものがある。彼女の為にビッグバンの瞬間の法則を書き換えたいとは思うけれど、僕の手は彼女のウエストにも回りきらない」

やめるつもりはないって言うのね。

つもりはあるさ。

できもしないくせに。

できもしないくせにね。

それでもまだこんなことを続けるの。

それでもまだこんなことを続けるさ。

「続けてはいけない理由を僕は知らない」

こんなこと続けていたら、どちらかがおかしくなるに決まってる。

どちらがおかしくなっているのかは、誰が決めるんだ。

私が決める。

僕も決めたい。
「たとえ本を閉じる権利が彼女にあるのだとしても。
そして彼女は、静かに本を閉じる」

10

善の役割が、善と悪とのバランスをとることだとするならば、善の役割とは、「善と悪とのバランスをとること」と「悪」とのバランスをとることだということになる。この推論は、一つの秤（はかり）の片方の皿にまた同じ秤を載せることに対応している。ここで皿に載せられた悪の数が、たとえ見せかけだけにせよ、二つに増えていることは注目に価する。

この過程は、少なくとも仮想的には無限回反復しうる。すなわち秤の皿の一方に更なる秤が載せられて、更にその皿の一方にまた秤が載せられていくような過程として。

この空想的図式をもとに、多くの推論が成されてきた。

曰く、悪がその数を増して留（とど）まるところを知らぬのは、正（まさ）にこの理由によるであるとか、

曰く、極限の果てに善は微小なものとして滅し去り、悪の全面的勝利が訪れるとか、

曰く、故に善は悪と決して均衡を保ちえぬのであるとか。

しかしそれらの推論には単純な事実の誤認がある。我々が本来成すべきことは、枝葉末節に捉われず、その本来の性質を見定めることであるのだから。ここで結論されるべきは、このように悪が無限に集積された秤においてさえ、その全体は善であるという素朴にすぎる事実である。善

の役割が、善と悪とのバランスをとることだとするならば、正にその前提によって善は悪とのバランスを保つ。それ故にここで考えられている無限の秤はそれ自体でバランスを保ったものであるに違いなく、無限個の悪はそれに釣りあった善によって均衡を支えられていることが帰結される。ところでこの秤は先に見たように、その細部に到るまでが無数の悪によって埋め尽くされているのだったから、善は細部を脱し、全体として現れざるをえない。すなわち、秤はその全体としてのみ善であることになる。

かくて日々悪のいや増すにまかされている我らの時代も、その全体においては善であるに違いない。惜しむらくは、我らの手と目は全体を摑(つか)み仰ぎ見るにはあまりにも頼りなくまた小さく弱く、善は我らの手と目には広大にして余りある。

ただ神の名は誉(ほ)むべきのみ。

11

細く長い指が素早くキーボードの上を走って、ディスプレイに文字を並べていく。「ディスプレイに文字を並べていく」と並べていく。まるで僕の思考をトレースするように、まるで僕の思考を先導するように、まるで文字のように見える文字のようなものが上から下へ流れていく。僕は彼女の肩越しにその文字を眺め続ける。「眺め続ける」。彼女の肩を滑り落ちる髪を透(す)かして、僕は文字を追いかけていく。

目で追いかけながら、僕はその文章を読んでいて、読んでいる。まさに今読んでいるように読んでいる。彼女が僕の思考を書いているのか、彼女の打ち出す文章が僕の思考なのかを考えるような余裕はない。彼女は正に僕がそう考えるように書いていて、僕は彼女が書くように考えている。

僕の視線はディスプレイとキーボード、その上を独立した二体の生き物のように走る彼女の指と、そして彼女の後頭部を順番にさまよい、その間もディスプレイに映る文字を追いかけている。僕はそこに現れる文字列が僕の思考を逸脱する瞬間を待っていて、そうすれば彼女に話しかける機会があるのだがと考えている。僕はそんなことを考えてないと僕は文句をつけて、そして彼女は振り返る。

「そうだった?」

と彼女の瞳が僕へと向く。そうして振り返っていても打鍵の速度が落ちる様子は見当たらない。

「どのあたりで逸脱した?」

どのあたりで逸脱した? と彼女はきいてくる。

「先頭五行くらいまで」

冒頭を一瞥(いちべつ)しようと僕は試みる。しかし冒頭は既にディスプレイの上方へ流されてどこかへ格納されてしまっていて、僕の追いかけることができるのはディスプレイから延長された記憶の中の冒頭五行であるにすぎない。

冒頭五行に踊る彼女の指を僕は見つめる。細く長い指がキーボードを走って、ディスプレイに文字を並べていく。「まだ。まだ摑まえてる」と並べていく。

「まだ。まだ摑まえてる」

呟きながら彼女の指が更にスピードを上げてキーを叩いていく。

「嫌ならいつ止めてもいいのに」

キーボードに向き直った彼女は言う。とタイプしていく。のめり込むように激しく打鍵を続けていく。

「私の肩を叩いて、もういいぞって言えばいいだけ」

もういいぞと、僕は彼女の肩に手を伸ばそうとする。

やれるものなら、とカーソルがディスプレイに足跡を残して進み続ける。と進み続ける。

そして僕の手が彼女の肩に到達して、彼女のタッチタイプがとまる

彼女は十本の指を宙に踊らせたまま時間が止まったかのように停止して、そして「。」と打鍵して文章を終える。演奏を終えたピアニストのように息を一つ深く吸い、肩を軽くゆすって僕の手を振り落として椅子を回し、ゆっくり僕に向き直るように向き直る。向き直る。まるで向き直るように。向き直っているかのように。向き直っているとしか思えぬようなやりかたで。

「どう?」

と微かに首を傾げる。

「お前、変な技持ってるな」

そうやって彼女は僕をつかまえた。

これが母方の祖父から見た、母方の祖母と祖父の出会いのお話。

紐虫(ひもむし)をめぐる奇妙な性質

最終的には、避けているのだろう、ということになった。

その意味は、あたかも避けているように避けているのだろう、ということなのだが、結果的には避けているのであるというのが正確にして妥当なところである。

紐虫と呼ばれてはいるものの、虫とするにはいささか小さい。体長おおよそ一マイクロメートル。微生物に入れるならばかなり小さいが、ウイルスとするならかなり大きい。一応生物とされるのはDNAを持ち蛋白質でできているからであるのだが、あえて生物と呼びたくなるような愛嬌(あいきょう)はない。ただの輪を成す紐にしか見えない。

割合とどこにでも生息しており、陸上にも水中にも存在する。淡水海水の好き嫌いもないらしい。群れを成すことはなく、孤独を好む性質らしくぽつりと一つで暮らしている。それ故にただのゴミとして無視されること長く、なかなかこれが生物だとは認知されなかった。

自律運動もするのだが、輪を波打たせているだけでなんともとりかかりがない。手足を伸ばすやらモーターを回すといった芸当は特に持たない。少なくとも人へと向けて披露(ひろう)する気はないらしい。ただの輪なのだからそもそもそういった特徴的器官がない。

一応生物ということであり、増殖もする。環境がよければ単為生殖を行い、8の字にねじれて交点からそっけなく千切(ちぎ)れ、二つの輪になる。周辺環境が悪化すると有性生殖を行うのだがこれもまたあっけない。一点を共有する8の字につながってそこからひねって一つの輪となり、先の8の字とは九十度傾いた8の字へともう一度身をよじり直して、ぷつりと切れる。

平素一匹で漂っているために、自然界で有性生殖を行っているのかは実際のところはっきりしない。実験室で飢餓環境に閉じ込めて、無理やり出会いを演出するとしぶしぶといった感じで繁殖を行う。およそ表情の欠落が巨大なせいで、好きでやっているのかは当人たちにきいてみないとわからない。暇人の計算によれば、紐虫二匹が自然界で偶然に出会う確率は、三年に一度程度のものだといわれている。

かなりのところ我慢強い。

組織が単純すぎるせいなのか、高温にも低温にもよく耐える。何かの拍子に苦しい環境に紛れ込むと、自分の体に自分を巻きつけて、捻り飴のような形態を取る。こうなるとほとんど結晶のような頑健さを誇り、ちょっとやそっとでは変質しない。もっとも、その代償として衝撃には弱くなり、瞬間的な力を加えると罅が入る。その種の結晶化を行うにはある程度の時間が必要であり、急速な冷凍や乾燥には滅法弱い。無論いきなり火中に投げ込まれれば、たちまちのうちに焼け死んでしまう。ゆっくりやればどこまでも保つ。

不死の生物と呼ばれることもあるのだが、当人たちは別になんとも思っていないようで、結構気軽に繁殖と死生を繰り返している。何を食べているものかいま一つはっきりしないものの、輪の中にはまりさえすれば好き嫌いはあまりないらしい。たまに間違えて自分を食べている個体が発見されることもあるが、それすらもあまり気にとめてはいないらしい。

死なないということになれば、なんとかして殺してみようとするのが人間の奇妙な性質だが、先にも述べたように殺すことは簡単である。ただつぶせばそれでつぶれる。放っておくだけで突発的に死んだりもして、なんとも機嫌をはかりにくい。それでも通常の生き物と呼ばれるものの中では非常な頑健さを誇ることは確実で、それならばと放射線を当てたりしているうちにその性質は明らかになった。

とりあえず放射線を当ててみるという実験は、当節あまり流行らなくはなってきたものの、未だ一般に行われる。ＤＮＡの変異を起こすのに最も手軽な手段が放射線照射であるからで、当てる方も注意をしておかないとそれは大変なことになる。頻繁に変異するＤＮＡとは要するに進化の早回しであるわけで、未来方向へ偏ったタイムマシンの実現でもある。実利的には有用な突然変異を作為なしに引き当てることに対応する。

紐虫に対する放射線実験で、どうもなにかが起こっているらしいということは早晩知られた。予測されるＤＮＡ変異率よりもどうも実際に起こる変異が少ない。誤差と呼べるようなものではなく、変異率が経験則よりも二桁ほど低いらしいという結果は各方面の学者に衝撃を与えた。強力なＤＮＡ修復機構というのが当初予想された筋書きだったが、それにしても二桁は修復しすぎではないかとの疑義は強かった。それほど強固な修復機構が存在すると、むしろ進化の邪魔になったりはしないのだろうか。

物理学者によって続いて行われた実験は、混乱に更に拍車をかけた。紐虫の捨て鉢なまでの頑丈さは、生ものの扱いに不慣れな物理学者にも扱い易いものだったので、彼らは紐虫にスリットを通したガンマ線を照射するという実験に着手した。それもむやみやたらと浴びせかける種類のものではなく、ガンマ線の一粒一粒で紐虫を撃ちぬくような手段に出た。

結果、避けた。

避けたといわれればそうだろうとするのが常識というものであるのだが、残念なことにガンマ線とは量子力学と相対性理論が重なって支配する領域の存在であって、その結果は物理学者を驚倒させた。

量子力学という古典理論に従うならば、ガンマ線とは粒子であると同時に波であり、そんなことを真顔で言われてもなんだかよくわからないが、要するに標的に確率的にヒットしたりしなかったりする。確率的であるからには確実にヒットするとは言いきれないが、気長に待てば逃れようなくヒットする。打ち寄せる波を左右に避けても意味がないのと同様に、ガンマ線の波動関数とは避けたりできるような性質のものではなく、遊泳者はいずれ溺れざるをえない。

相対性理論に従うならば、とこれもまた大上段から切りかかるが、光速を超える速度というものは存在しない。ここで問題なのは、ガンマ線を避けるにはガンマ線が向かってくるのを見なければならないのだが、ガンマ線はまさに光速で飛来するという事実である。ものが見えるのは、物体に反射してこちらへ光が飛び込んでくるからなのだが、この場合、避けるべき対象の方が光速で飛来する。光を見てから避けることができないように、ガンマ線などは避けようがあるはずがない。

勿論、ガンマ線を避ける手段というのは知られており、鉛製のパンツは精巣に巣食う精虫たちを保護するのに有効である。問題なのは紐虫は明らかにパンツを穿いていないという事実であり、それより以前に、紐虫は顕微鏡の向こう側で、誰の目にも明らかな回避行動を取っているところが人を食っていた。

すなわち身をよじって、ひょい、と避ける。

そのあまりにも単純な回避行動を眼前にして、物理学者たちは途方に暮れた。馬鹿にされている気もするのだが、どちらかというと脱力した。それは彼らが営々と築き上げてきた物理法則への挑戦に等しかったが、拳を振り上げる先を見出そうとして困惑した。

繰り返し行われた追試によって、紐虫がガンマ線を回避していることは揺るがない事実とせざるをえない状況に彼らは追い込まれた。それどころか、富栄養状態では回避率が上昇することまで判明した。紐虫は基本的にＤＮＡの変異を嫌っているようであり、環境が悪化している時にはしぶしぶそれを受け入れているようにも思われた。栄養状態が悪い時には、単に避ける元気がないのだという説もあるにはある。

避けようもないはずのものを素朴に避ける姿を目(ま)の当たりにした物理学者の立ち直りは意外に早かった。そうであるならそうであるに間違いないのだ。相対性理論の受容にせよ、量子論の受容にせよ彼らは信じがたいものを真実として理論を発展させてきたのである。ともかくもそうなっているのならば、そうなる仕組みがあるに違いないのだ。直観がそれを否定しようとも、その場合は直観側が間違っているということで、そんなことにはとうの昔に慣れっこになっており、あまりにも当たり前のことにすぎなかった。避け方が癪(しゃく)に障(さわ)ることくらいなどは些細(ささい)な障害というべきだった。

紐虫のこの行動に、当初最も積極的な興味を示したのは素粒子論を専門とする学者のグループだった。彼らの半数以上は何らかの形で超弦理論、輪になって振動している素粒子という宇宙像を受け入れており、その意味で紐虫は魅力的な対象と映ったようだ。世の興味が物質の追求から生命そのものの探求へと急激に傾斜していく風潮の中、廊下に立たされ手持ち無沙汰に苦しんでいた彼らは、紐虫に起死回生の一策を見た。ガンマ線を避けるということであれば、紐虫は場自体とでも呼ぶようなものであるべきだと彼らは主張し、紐虫はヤン＝ミルズ多様体の実現ではないかといったような呪文を唱じ続けた。他分野からの、それはいくらなんでもあまりにそのまますぎるだろう、そもそもスケールが数十桁違うという批判を彼らは受け流し、研究に邁進した。

その苦闘の結末は業界内ではあまりにも有名である。

結局、紐虫のこの奇妙な行動は、人生方程式という漠然とした名前をつけられた方程式によってとりあえずの決着を見ることになる。それはある種の変分方程式の形をとっており、経路積分の従兄のような形式を土台としていた。何のことやらわからなくとも特に問題は起こらない。

変分方程式とはつまるところ、大概の方程式がそうであるように、何かの値を最大とすることを運命づけられた方程式であるといえる。しかし、その値が最大でなかったからといって一向構わない、そんな奇妙な性質が人生方程式の特徴である。そもそも最大にするべき値が何でもよいようなやる気のなさがそこには表現されていた。光の場の方程式が、A地点からB地点まで移動する労力を最小とすることに血道をあげるのに比べて、人生方程式はその種の値に対する無関心さにおいて卓越していた。最大化するものへの固執も、最大化への情熱もその方程式には非道く欠けていた。

この方程式が、物理学者や生物学者よりも、数学者により大きな衝撃を与えたことに意外さを感じる向きは少ないだろう。方程式ときいては黙ってはいられないという奇天烈な習性を持つ彼らは、人生方程式が数学的には厳密なものとは言いがたいことを即座に指摘してみせた。自分たちの書き下した方程式に文句をつけられることに慣れきっていた物理学者たちは、またかという以上の感想を持たなかったが、その後、人生方程式研究の主導権を数学者が握ったことは特記されてよい。

人生方程式の発見から三十年後、数学者たちは無基底型超越循環方程式論を完成させる。それからまた六十年を経て、無基底云々方程式は巨大方程式論と合流し、巨大無基底なんとかかんとか代数を完成させるに到り、ここに一つの新たな世界観の到来が告げられることになるのだが、それはまたこれとは全然別のお話である。

追記

発表のあてのないこの解説を書き上げてからしばらくして、私はひとりの少年から一通の手紙を受け取った。その時点で未発表だった私の解説を読んだと主張するその手紙には、この架空の虫の観察記録が同封されていた。

大仰な実験施設を持たぬその少年は、紐虫の孤立実験を行っている。ただ一匹の紐虫を硝子瓶に選り分け、坑道を深く潜っていった際の記録が、その手紙の大部分を占める。坑道を降り、巨大な岩盤が少年と紐虫を地表から充分隔てた地点で、少年は手持ちの明かりを消したのだという。

仄かな明かりが瓶の中に認められたという結果には、少年自身が懐疑的である。

更に坑道を降り進み、同様の実験を繰り返した少年は、ある深さより先では紐虫がもう光を発することがなかったことを報告している。そこで明かりを点け直した少年は、瓶の中には一匹の紐虫もいなかったことを確言している。

少年がそこから導き出した結論は興味深い。その立論は、紐虫の存在は、少年と紐虫の二体だけでは維持しきれぬものであるという形をとる。宇宙線さえも透過を許さぬ岩盤の下にあっては、紐虫は存在を維持しきれない。

地表へ戻った少年は、瓶の中に二体の紐虫を確認したことを伝えている。

私はその手紙への返信として、いわゆるホイーラー・ファインマン吸収体理論に関する解説をその少年に送りつけたが、その手紙は宛先不明で戻って来た。それは、電磁気学において、未来からの波と過去からの波を仮定することにより、多数の吸収体が存在する場合、未来への波だけが残存するという理論である。この理論は、本質的に時間の流れを含んでいないマックスウェル方程式において、過去と未来の対称性が破れる例として知られている。

その帰結は、一体の観測者もいない場合に、星は輝くことさえできないことを示唆するものだが、世の中ではあまり知られていない。

この手紙をもとにして、専門家の手によって行われた追試実験では、紐虫の発光現象も、その消失も、増殖も、一切確認されることがなかった。それにより私はまた法螺吹きの名を上塗りすることになるのだが、それは今更どうでも宜しい些事に属する。

このところ数が数えられなくなってきていて、勿論全く数えられないというわけではないのだけれど、非道く消耗する。一のあとに二が続いて三、四と続くというお話ではない。三二五六三のあとに三二五六四が続くとかいったお話に近いといえば近いのだけれど、これもちょっと違っている。

いち、にい、さん、という並びはなんだか音楽のように僕の中に貯えられていて、数を数えるというよりかそんな歌もあったなと思い出すような感じがする。よん、ごお、ろく。このあたりからなんだか少しあやしくなってきて、しい、ごお、ろくかも知れないと余計なことを考えたりしはじめる。しかし僕がここで言いたいのはまたそういうことでもないのだけれど、全く関係なしとするつもりもない。

数を数えるとはその数一つでできることではなくて、そういうとこいつは何を言い出すのかと不審に思われるかもしれないけれど、数を数えるにはその一つ前の数を覚えていなければはじまらない。次の数は何ですかという漠然とした問いは問いではない。二五五の次は何ですかと問われれば、答えは二五六に決まっている。ここのところ正確に解説する必要なんてまるでなくて、二五五＋一は二五六だということになっているし、今のところそこで混乱が僕を襲うことはない。

僕が困難を覚えはじめるのは続けて数を数えることで、たとえば十を数えるためにはその前の九を覚えていなければいけなくて、だから九を覚えようとする。しかし自分がただいま遂行中の任務というのは数を数えることであるから、九の次は十と僕は考えている。この九と十がお隣さんに配置されるのがどうやら僕の頭の出来方なようなのだ。そうすると結果として出てくるはずの十が、今覚えられている九のかわりに出しゃばってきたり、記憶されていた九が、結果として出てくる方の十にすりかわったりすることが起こってくる。

　これはなかなか難儀なことで、暗闇の中で目を瞑ってじっと数を数える僕は、数の並びのどこかで同じ数をずっと数えていたり、数字を一つとばして数えたりしている可能性が浮上してくる。止まったり飛ばしたりしたりするのなら、平均的にはだいたいよいところを数えているのではないかと思わなくもないけれど、その二つの間違いがだいたいのところ相殺するような仕組みというのを残念ながら僕は知らない。

　一回限りの足し算引き算に困難を感じるわけでなし、日常においてひたすら数を数えるなんて刑罰にめぐり合うことなんて滅多なことではありえないのだから特に問題はないのだけれど、気味が悪いことには違いない。

　更に気味が悪いのは、その数の数え間違いに僕が気づけないかも知れないという単純な推測にある。一円玉をひたすら数えたり、紙に正の字を書いていくことには何かしっかりとした安心感がある。それを頭の中だけで行ったときに、僕が、いち、にい、さん、よん、よん、よん、なな、と数えているかもわからないと想像することは、どこか不気味だ。本人はきちんと数を数えているつもりなのに、実際数えられているのは違うものなのだ。本人がそう思っている以上、何かの手段で数え方の間違いが判明したとしても、本人としてはどうしようもない。結論としては自分の頭がおかしくなったと判断するか、自分は数の世界から追放されたのだと考え込むことになるのではないかと思う。しかし実感というものは強力であり、数の方が間違っていると言い出すような恐れさえある。

とはいえ別段、全てを頭の中で行う必要など全然なくて、今の僕には幸いなことに目も手も足もそなわっている。それでは目が見えなかった日にはどうなるのか。まだ指がある。では指がと、引き算は続くわけだけれど、残念なことに僕は無限のものから出来ているわけではないのであり、その引き算にはいつか終わりがやって来る。少なくともコンパクトにできている。全てが引かれてしまった僕は、仕方がないので頭の中だけで数を数える。そしてそれが正しい数の数え方なのかどうか、どんどんよくわからなくなっていく。

他の人の心の中身がわからないのは、そんな理由なのではないかと考えることがある。記憶を自分以外のわからないものとして保持する何かがなければ、なんだか色んなことがわからなくなってしまうような気がするからだ。

たとえばあなたは今この本を読んでいるわけだけれど、この本をあなた自身の特質として保持しているわけではない。正確に言えば、いつでも引用可能な文章として自分の中に貯えているわけではない。ここから十五行前の文章が何だったかと問われて、答えられる人は滅多にいないだろう。

ためしに十五行前の文章を読んでみるといい。そこにはあなたが既に読んだことは間違いない文章が存在しているはずだ。様々異論はあるものの、一般に本とは、順番に読まれるものだからだ。一文一文が、全く独立な文として並んでいる本なんていうものは気が狂っている。句集がどこか気の違ったものであるように。数を数えるのと同じように、あなたはある一文から次の一文へ、何かを記憶しながら進んでいる。

ではたとえば十五行前の文章。こうして書いている僕自身思う。こんな文章が書いてあったっけと。別に内容のことを指しているわけではない。内容のことも指してはいるが、文章のリズムや、句読点の位置のことだ。それは意外に新鮮に、意外な感覚と共に目の前に現れたりする。ところで十五行前の文章とはどこからはじめて十五行前の文章なのだろう。

本を読むこととは本を暗記することとは違ったことで、あなたはあなたの頭の中に記憶した骨格標本のような本を元手に本を読み進めている。生前の肉付きや性格といった些細なものは印象の中に流れていく。日頃の身の回りの風景がただ流れていくように。

僕が言いたいのは勿論、十五行前の文章が意外でありながらも、内容的には全然意外ではないことの方だ。そこに見出された文章が目にした記憶のないものだったとしたら、あなたは驚くだろう。その一文が、あなたの記憶と全く逆のことを言っていたりしたら、あなたが本を読んでいる意味というものがかなりのところあやうくなる。

大概の場合において、読書とはそこまであやうい行為ではないのだけれど、その理由は本というものがそこまであやうい媒体ではないことに拠（よ）っている。同じ本を何度も読まなくてもよい理由もそこにある。いつ読んでも、大体のところは同じ。その経験則が本を本として信用のある立場へ押し上げている。読むたびに内容が変わってしまうならば、本を読むには、同じ本を何度も読み返さなければならないことになるだろう。それはなんだか意味のわからないことだ。それともただ一冊の本があるという、それは主張に近い。

あなたが本を見ていない間でも、本に書かれていることは変わらない。それが一つの大前提だ。実際こう考えることも自由といえば自由なのだ。久しぶりに読んだ本の印象が全く変わってしまった場合、変わったのはあなたではなく本の方なのだと。あなたは本が変わることよりは、自分が変わることの方が大いにありうることだと思っているが故にそう考える。もしくは、本を好き勝手に変えることはできないと承知しているので、自分の方が変わったのだと折れてみせる。

好き勝手に変えることができないというのが重要だ。僕が碁石を数えるときには、数の数え方が間違っていたとしても、十個の碁石の山が三つあればそこには三十個の碁石があるに違いないのだ。そう考えるのが正気であることを僕は信じたい。


このところ数が数えられなくなってきていて、勿論数えられないというわけではないのだけれど、非道く消耗する。なんといっても僕が数えることを強制されているのは、通常の数に加えて、無限の先の数であったり、そのまた先の数であったり、途中で枝分かれする数であったり、くるりと一回りする数であったりしているからだ。

そんなものは数ではないとするのは簡単なのだが、なんといってもこのお話はそのようにして始まってしまったのだし、それより何より問題なのは、実際のところ数えられないわけではないという事実のほうであったりする。結局のところ、順番に理解できない何かなんて一体何の謂いなのか僕には全然わからない。

たとえば僕は今、曾祖父の書き残した八つのお話を、僕なりのやりかたでこうして解読し続けて、ようやく六つ目のお話までやってきた。大概の家族がそうであるように、僕も四人ずつの曾祖父と曾祖母を持っている。そこから組み合わされた四組が僕の合計四人の祖母と祖父を生成した。その四人の可能な二つの組み合わせから選ばれた二組の夫婦が僕の父と母を生み出して、結果、僕は父と母から発生した。

曾祖父の書き記した八つのお話を、僕は曾祖父を含めて水平に並んでいる八人それぞれのお話として解読しようと試みている。それが、同時に四人の祖母と祖父の話を含み、二人の父母の話を含んでしまっているのは、全く曾祖父の手抜かりと言っていい。

曾祖父はこのお話を、八人+四人+二人=十四人についてのお話として書き残すべきだった。もしくは僕を曾祖父そのものとしておいてくれればよかった。そうしてくれていさえすれば、僕も現在こんな困惑に襲われたりはしていないだろう。本来十四本あるはずだったお話を、曾祖父はばらばらにした上に八つの話に圧縮して書き残した。しかもどうとでも読めるような、重ね書きされたお話として。

僕はただ、その血に連なる者であるという根拠のみにおいて、このお話がそういうお話なのだと決め付けて解読作業を続けている。

十四を八に圧縮する書き方が採用された理由は、曾祖父にきいてみなければわからない。僕が十四人の我が祖先に僕自身を足して十五=八とするやりかたで、八つのお話を解読し直すなんてことを、曾祖父が予想していたのかは更にわからない。しかし他のどんな読み方が僕にありうるのか、それともどんな数え方が真に正しい数え方なのか、それすらも今の僕にはよくわかっていないと白状しておきたい。

いち、にい、さん、よん(、よん、よん、よん、よん)、ごお、ろく、しち(、しち、しち)、はち、＋　ろく　＝　じゅうご　＝　ろく。

当然僕はこの文章を読んでいるだけなのであり、この文章を書いたのは、先祖の誰かだ。

縞馬型をした我が父母について

僕たちの街にはなんにもなくて、僕たちの街には動物園と本屋があった。あえて名前をつけて呼ぶほどのものは動物園と本屋しかなくて、だから僕たちの街にはきっと動物園と本屋があって、多分他にはなんにもなかった。

僕たちが動物園と呼んでいたその場所は、実のところどこにでもある厩舎と何の変わるところのない掘っ立て小屋にすぎなかった。しかし何故か縞馬が二頭番いで飼われていて、こんなところに縞馬が何故という問いには、入り口に立てかけられた看板が答えていた。ここは動物園だからに決まっている。つまり本当はこう問うのが正しい。何故この動物園には縞馬二頭しかいないのだと。

他方の本屋というのがこれもまた厄介で、それでもこちらは本棚三つ分の本を並べて置いているだけまだ標準的に本屋と呼ぶことができた。ちょいとばかり問題なのは、この本屋に並ぶ本は全てなんだかわからない言葉で書いてあることで、本を開いてみてもアルファベットなんていうものは見当たらない。縦書きなのか横書きなのかもよくわからない活字が縦横等間隔で几帳面に並んでいるだけなのだ。

そういう見方からしてみれば、動物園の方は、何らかの意味で少なくとも動物園の部分ではあるということができる分まだましだった。縞馬なんてものは動物園にいるものに決まっているから。本屋の方は本屋ではあるのだけれど、残念なことにこの国の本屋ではありえなかった。街の人間は誰もその本を読むことが出来なかったし、店長にして店員であり、ただ二人の客のうちの一人である老人からして、その言語を理解しているのかはなはだ怪しかった。老人は朗読と称してページを開き、牛の唸るような音を発してみせることがあるのだが、老人の開くページがいつも同じで、そして唸り声がいつも違った調子であることは、こと牛の鳴き声となるとやかまし屋の街の全員が知っていた。っていうことは、街にはきっと牛もいたのだろうと思うけれども、このお話に牛のことは関係がない。

朗読はいいから書いてあることを説明して欲しいと街の住人たちは老人に頼んだものだったが、老人は不思議そうな顔をしてこちらを眺め直すだけだった。そしてやっぱり出産時の牝牛のような鳴き声をあげ続けた。本屋に並んでいるのはまさに牝牛の出産について書かれた本なのだという説はそうして生まれた。

僕らの街の動物園は、せいぜいが動物園の部分としかいえないといったけれど、それは考え方の一つであって、この動物園自体が広大な動物園の一部であるという考え方もできる。それに何の違いがあるのかというと、そうやって考えてみればこの動物園は、動物園を詐称する狭苦しいただの厩舎ではなくて、広がりすぎてばらばらになった動物園の真性の一部なのだということになる。これはちょっと、膨張する宇宙の表面に張り付いて互いに遠ざかり続けている銀河系みたいなイメージで、かっこういい。

僕たちの街には動物園と本屋があると言った。本当は存在しているものがもう一つあって、僕たちの街にはゴリアスがいた。逆かも知れなくて、ゴリアスの上に僕らの街はあった。ゴリアスはひょっとすると丘や大木といったものと見間違えられかねない大男で、あまりにも大きいのであまり人とは思われていなくて、どちらかというと地形や巨大な建築物に分類されていた。

本屋の二人の客のうちのもう一人というのがこのゴリアスで、あまりにも大きかったせいで本屋に入ることはできなかったが、その大きさ故に本屋の方を頭の中にいれることができた。ゴリアスは流石に巨大すぎるだけあって万事のんびりと動いていたが、それでも抜群に賢かった。あれだけ大きな頭を持てば知恵もそれなりに巨大なのだろうという考えを、僕は漠然と持っていた。考えられていることが頭の別の場所へ移動する間に、自分は何を考えていたのか忘れてしまうようなこともあったかもわからない。

そのゴリアスの巨大な知恵をもってしても、本屋に並ぶ本は解読を拒んだのだけれど、それならばとゴリアスは本を全部覚えることに没頭した。老人をいくら問い詰めても発音の法則は知れなかったので、ゴリアスは文字そのものを文字として記憶した。僕らが戯(たわむ)れに頼むと、大きな背をまるめて地面にその文字を描いてくれた。その文字が正確だったかどうかなんて僕らが気にしたわけはない。

僕らの街は常に雷(かみなり)に包囲されていて、街の周囲は常時上り下りする稲妻の垂直線に囲まれていた。円形の檻(おり)に閉じ込められた僕らの街は、更に遠雷の轟(とどろ)きにどこまでも包まれていた。ゴリアスの声は遠雷にとてもよく似ており、あまりの大きさのせいで遠雷との区別はほとんどつかなかった。

遠雷の轟きには、あらゆるものが含まれていた。僕たちはその中に、亜細亜(あじあ)の東端で埋め果てられていく海峡の断末魔を聞いていたし、大西洋へと瓦礫（がれき）を巻き上げながら這（は）いずっていく波蘭（ポーランド）の引きずるような足音を聞いていた。禁止されたあらゆる兵器の代わりに戦略爆撃機から投げ落とされる遺伝子改変済みの穀物の種子のあげる嬌声を聞いていたし、かつて僕があげた産声や、やがて僕が最期にあげる呻き声を聞いていた。

　有史以来、それより以前にあげられた、そしてこれから以降にあげられる全ての歓喜の声と苦悶（くもん）の響きに、僕たちのささやきは掻き消されていた。僕たちの遠い祖先である一匹の類人猿の出産の叫びが、そのまた遠い祖先である一匹のゾウリムシの鞭毛（べんもう）がはじく水分子の振動がその中には含まれていた。泡箱の中で旋回する放射線の振動が、始まりの瞬間に極微の空間に響いた鐘の音が、それ以前の沈黙した沈黙が僕たちの周りに展開していた。僕なき後のいつもと変わらぬささやき声が、人間の衝突しあうくぐもった響きが、人間が滅びて後にようやく地球へと到達したパルサーからのシグナルが、フレアに呑み込まれる地球の最期の挨拶が、銀河中心の歯車の立てる回転音が、そして決してやって来ることはない沈黙の一切合財が僕たちの周りには広がっていた。

　遠雷に発した暗雲は、定期的に僕らの頭の上まで広がってきて、僕たちの髪は静電気を帯びて立ち上がった。それを合図に稲妻の垂直線は仲間を呼んで驟雨（しゅうう）と化し、僕たちへと突き刺さり、僕らを貫き通していった。

　僕に突き刺さる雨滴の一滴一滴が、僕を奏でる。その一つ一つが僕を穿ち、青く澄み通って潤いを照り返す硝子質の音符となって大気の中へ飛び出していく。僕から発した音符はたちまち雨のつくる垂線（すいせん）に貫かれ、小さな音符へと砕けて広がり続ける。低音から高音へと、可聴域を突き抜けて無限に高い振動へと音符は砕け散っていく。僕はかつて地上に存在しこれから存在するかも知れないあらゆる音楽を一緒くたに超高速で奏でていく。

僕らの街には動物園と本屋しかなかったので、実際のところ動物園と本屋とゴリアスしか僕らの街にはなかったので、僕らは不可避的に動物園と本屋の間を往復して暮らしていた。ゴリアスは往復するには巨大すぎて、あまりにも巨大すぎたので彼はどこにでもいたのだけれど、いざ探してみると彼がどこにいるのかはさっぱりわからなかった。ふと視線を下ろすとそこがゴリアスの爪先だったとかいう出来事も稀には起こったが、その向こう側の光景を目にした人々は一様に青褪（あおざ）めて口を閉ざしてしまうので、それがどの程度の頻度で起こっていたことなのかはよくわからない。

僕たちは、一年を通じて暇そうに草を食（は）んでいる縞馬の模様を、本屋の中の一冊に探すことを日課としていた。ある日にはまさに縞馬の模様に違いないと思われたページが、次の朝には全然異なったものに見えるなんてことはざらにあり、縞馬の模様は日々変化を続けていた。それとも僕らの記憶が日々変化を続けていた。そこにいる二頭の縞馬と僕らの頭の中の番いの縞馬は、本のページを通じて接近してまた離れて、つかず離れず何かの運動を繰り返していた。

その二つが、つまりは二頭ずつ隔離された計四頭の縞馬が、いつかぴったり重なることを僕らの誰もが望んでいて、そしてそんなことは起こりえないと考えていて、だから結局誰もそんなことは望んでいなかった。もしもそこにいるはずの縞馬と、記憶の中の縞馬が本のページを通じて一体化してしまったとしたら、僕らはするべきことを見失って途方に暮れたことだろう。

だから、ゴリアスが静かな目をした二頭の縞馬を引き裂いた夜のことを僕は覚えていない。ゴリアスが静かな目をした二頭の縞馬を引き裂いた理由についても誰もわからない。

その晩街を覆った雷雲に閉じ込められ、僕らは家の中で身を寄せ合っていた。ひっきりなしの雷鳴は窓ガラスと言わず壁と言わず、僕らの腹の底の底までを揺らし続けた。その中には多分、ゴリアスの咆哮も交じっていたのだろうと思う。

両手に全てのものを貫通する錐を装備した鎌鼬のように空間を刳り貫いていく雨粒の中、ゴリアスが動物園へ向けて歩き出したことを、街の全員が知っていた。

僕たちの耳に届いてきたのは、引き裂かれる縞馬の断末魔の嘶きだった。僕は肩を摑む無数の手を引き離して内側から釘うちされた板切れを引き剝がし、同時に凪に引きむしられたドアを抜けて飛び出した。

垂直に、横殴りに、正面から背後から何を目指すこともなくあらゆるところに集中して三次元空間を貫いて削り取っていく無数の直線の網目に細断されながら僕は動物園へ向けて走り続けた。ほとんどただ散乱する音符へとなり果てた僕が辿り着いたのは、白と黒の砂嵐の中にかろうじて浮かぶ、騙し絵めいた映像だった。二頭の縞馬は、ゴリアスの手に持ち上げられて、口から先に逆裂きにされたまま、白と黒のピクセルの乱舞の中で暴れ狂っていた。

番いなす白い馬と黒い馬が走り去るのを、雷雨にほとんど消え果てている僕は、雷雨にほとんど消え果てながら見送っていた。

嵐が去った僕たちの街には本屋が残されて、そして多分本屋とゴリアスが残されて、本屋の本は引き裂かれて組み替えられ、そこには大体こんな内容をもつ文字が並んでいた。

僕がそこで書かれている本の内容をあまり信用できない理由は、改めて説明するまでもないと思う。自分とともに引き裂かれて並べ替えられた活字の並びを、誰が改めて吟味(ぎんみ)したいと思うだろうか。引き裂かれたチラシでつくられたモザイクが新たな秘密を明らかにするなんてことは、チラシ当人にとっては全くありえないことなのではないかと、僕は心底疑っている。

波蘭（ポーランド）あるいはアレフに関する記録

二二〇〇年、マンハッタンの浜辺に打ち上げられたその男は、私はポーランドであると英語風に名乗りを上げた。街は失われしポーランドの百年ぶりの再来に沸き立ったが、それを不吉の兆しと見る向きもまた多かった。

これからどこへ向かうのかと勢いよくマイクを突きつけた報道陣に、ポーランドは微笑（ほほえ）みながら返答した。西へ。ともかくも西へ、とポーランドは答えた。

アリストテレスの失われた博物誌のとある部分は伝えている。遠い東の国にあっては奇妙な性質を持つ赫い宝玉が珍重されているのだと。その宝玉は空気と水さえ与えておけば、おおよそ五十年に一度、ひとりで分裂を行うのだという。一つの宝玉が全く同じ大きさの二つの玉へ分裂するというその伝承に、この哲人は疑いを向けている。およそ物質の質料とは勝手に産み出されるものではなく、分裂するのであれば生成された玉はもとの玉の半分の大きさを持つべきであると。

その奇妙な性質を持つ宝玉の話を信じるとして、玉は無限に小さな玉へと分割されていくか、成長してから分裂する、あるいは分裂してから成長するという過程を持つべきであると彼は主張した。

彼自身の見解はそれらの可能性のうち第一のものであったらしい。彼はその国の崩壊の原因を宝玉の無限小への分割へと帰しているから。

あらゆる数列を含む数列の簡単な生成法は知られている。煩雑(はんざつ)を避けるためにここでは核酸のATCGではなく〇と一を用いることにするが同じことだ。

01000110110000010100111001011110111…

表記に若干の手を加えればその仕組みは知られるだろう。

[0] [1], [00] [01] [10] [11], [000] [001] [010] [011] [100] [101] [110] [111],…

ただ単純に、一桁の全ての数列、二桁の全ての数列、三桁の全ての数列をそのまま順に並べるだけのことだ。全ての任意桁のあらゆる数が、この数列のどこかには登場する。そして同様の性質を持つ数列は、無数に存在することが知られている。

波蘭(ポーランド)を食い止めようとする試みの全ては虚(むな)しかった。

この国が西へ向けて着実に移動していることが誰の目にも明らかになったのは、一九四五年のことである。それ以前から波蘭は西へ西へとひそかな移動を続けていたのだが、一九四五年の大移動は二次大戦の終結とたまたま一致したために、人々に強い印象を残している。

少数の有識者は異常とも言えるこの波蘭の移動に警告を発していたものの、それを文字通りにとりあげるには人類の敬虔(けいけん)さはまだ圧倒的に不足していた。

二十一世紀初頭に波蘭が独逸(ドイツ)への侵攻を開始したときも、まだ大半の人々はその明快な事実から目を背(そむ)け続けていた。続く五十年のうちに波蘭は蛇行しながら独逸を横断し、白耳義(ベルギー)を乗り越えて大西洋目指して進軍する。

あらゆる方策の尽き果てた欧州共同体が、ただ呆然と、大西洋へしずしずと沈んでいく波蘭を安堵と共に見送るには、実に二十二世紀の始まりを待たねばならなかった。


一九二四年、波蘭の数学者、バナッハとタルスキは後にバナッハ＝タルスキ分割と呼ばれることになる逆理(ぎゃくり)めいた定理を証明している。すなわちアレフ1の濃度を持つ物質が存在すれば、とある非構成的手段を用いて一つの玉を全く同一の二つの玉へ分割できるとする定理である。アレフ1についての説明は幸いにして有限の文字数で行うことができるので、多分どこかに書き記されている。

そんな膨大な数が自然界に登場するわけはないという常識的判断を愛す向きには、二十世紀最大の論理学者であり、最も調子の狂った論理学者であったゲーデルが、連続体の濃度はアレフ2であると信じていた節(ふし)があることを思い出すとよいかもしれない。


波蘭が一体どこからやって来たのかという問いに答えるのはむずかしい。

今では、人々が入植する以前から波蘭は波蘭として存在していたのだと考えられている。波蘭自体は国としては比較的新しい部類に属し、創世神話に類するものを必要とするような古さを持たない。

だから、初期入植者が森の中で出会った生き物については何の記録も残っていない。破れたズボンとシャツに身を包み、木々の間を飛び移るその生き物の名前を尋ねられた先住民が、ただ一言、ポーランドと答えたという逸話も残ってはいない。そして、ポーランドが土地の言葉で、知らない、を意味していたという事実は全く存在していない。

ＤＮＡが全ての生体情報を担っているという単純な誤解は今に至るも完全に払拭されたとは言いがたい。その読み取りの結果であるところの蛋白質が、再びＤＮＡの発現を制御するという一点においてさえ、文章は読み取り系にも依存することがほとんど明白であるにもかかわらず。

ただ出鱈目に並べられた文字列からでも、適当な変換は意味を生み出すことが可能である。むしろただ出鱈目にしか見えない文字列が、文章や画像へと復元されるのは日常容易に目にすることのできる光景である。暗号化や圧縮を施されたデータは、変形に用いられた様式が失われるとともにただの記号列として散乱する。

一九〇八年のツングースカ爆発に対する推測は様々行われた。隕石の衝突によるものであるとか、天然の原子炉に自然に蓄積されたウランによる核爆発によるものであるとか。のちに実施された現地調査では、放射性物質も、衝突の証拠となるようなクレーターも発見されなかった。現在では、空中で爆散した隕石が、周囲を巨大な蝶を思わせる形になぎ払ったのだと考えられている。

二三〇〇年、かつてポーランドと名乗った男の家族は、八人にまで増加していた。彼らは穏やかな生活を継続しながら居を西へと移動し続け、この時点で北米西海岸まで到達していた。大西洋の海底を歩き続け、百年前にようやく北米大陸に上陸を果たした波蘭の残骸とでも呼ぶべきこの男の家族は、次の百年を費やすことによって北米大陸を横断することに成功した。続く百年、波蘭は再び、今度は太平洋徒歩横断へ向けて、波の下にその姿を隠すことになる。

初期生命において、自己増殖という機構がどのようにして現れたかは今も大きな謎を科学者たちに投げかけている。化学物質が分裂して、また同じ物質へと成長することはなかなかに面倒な問題を多数含む。それよりは、同一性を無視してただ増殖する化学物質の方が余程考えやすい。日々そこいらじゅうで起こり続けている化学反応とは畢竟そのようなものであるからだ。

進化において、ただの増殖に比べて自己増殖が有利だった積極的な理由は知られていない。自己増殖という様式が広く受け入れられているが故に、それは進化的にも有利だったのであるという逆転した推理が、自己増殖が進化上有利であるとされる最も強力な論拠である。

ポーランド一家のレミング伝説めいた集団入水自殺に困惑した警察組織は同定の為、浜辺に打ち上げられた彼らの腐乱死体のＤＮＡ検査を実施した。それは一見ＤＮＡであるかのように巧みに擬態したみせかけを持っていたが、二三〇〇年の検査技術は、それがＤＮＡとは異なる物質であるという判断を非公式に下している。それはヒトＤＮＡとは全く異なるものであるという以前に、そもそもＤＮＡと呼んで良いかもわからぬ、奇怪な化学物質だった。その鎖の中のＡＴＣＧは、かなり気安く変転し合う。見ている間に変わってしまう。それが実際に原子の移動を伴うのか、何か背後の巨大なものの別方向からの断面なのか、見解は大きく分かれて結論を見ない。ある瞬間の鎖と、別の瞬間の鎖。その間を滑らかに繋ぐ必要を、この分子の方では特に感じていなかったらしい。

非常に大雑把に言うとして、そこに含まれていたのは四種類の核酸の全ての組み合わせだった。有限の遺伝子が無限の組み合わせを持つわけはないし、デジタル時計の表示が切り替わり続けることは無限そのものの実現ではないという素朴な反論に誰もが頷きをかえしたが、数学者たちだけが静かな歓喜に身を震わせていたことはあまり知られていない。この発表を受けた彼らは、自然はアレフ１の濃度を持つ何者かの影なのかも知れないと直感的に理解していた。しかし彼らは長い長い経験により、そんなことを言ってはみても、結局誰にも理解されることはないと知っていたため、日常生活においては固く口を閉ざし続けた。


ＤＮＡと蛋白質を、テープと機械に喩えることはよく行われる。コンピュータがパンチカードを必要としなくなって久しい現在、テープの比喩は人心に訴えがたいが、最も基本的な計算機の原理はやはりテープと読み取り機械の比喩を用いて語られ続けている。

ＤＮＡと蛋白質のどちらがテープで機械であるのかという問いは、ＤＮＡがあたかもテープのような外見を持つために顧みられることが少ないが、ポーランド一家のＤＮＡから連想されるのは、ＤＮＡとは結局設計図でも何でもない、ただのつまらない、可能性が変転しながら羅列されているだけの数表なのではないかという推測である。

二四〇〇年、亜細亜の果てに位置する弓状列島の東海岸一帯に押し寄せた甲虫の群れは、その体に多量の重金属を含むという点において決して小さくはない混乱を引き起こした。彼らがどこから相当量のウランを体に溜め込んだのかという疑問には誰も答えることができなかったが、海中に溶け込んでいる重元素がその候補として挙げられた。研究機関はその甲虫の工業利用を検討しはじめたが、実験室環境での甲虫の繁殖には失敗し続けた。

彼らの子供は親とは全く異なった形態を発現させ、その子供もまた全く異なった形質を出現させ続けた。変化のバリエーションは甲虫の範疇だけに留まることなく、彼らは世代を通じて際限のない変形を行い続けた。

それは進化の紙芝居を無作為に並べ直してから、一枚一枚を見せられるような光景に近しかった。

その放埒な変形の一時期に波蘭でありポーランド一家であり、赫い宝玉であり、紐虫であり、可能性だけでいえば何でもありえたはずの彼らが、彼らにしか知られていないやり方で約束された地、ツングースカ・バタフライを四方八方から目指していることはやがて誰の目にも明らかとなった。

数百年から数千年を、形態を際限なく変化させながら旅し、重元素を体に溜め込み続けた彼らがその地に集結したときに何が起こるかは明らかである。

臨界質量を超えた放射性物質の集積による核爆発は、彼らのうちの何割か何分か何厘か何毛かを成層圏を越えて打ち出すのだろう。

その盛大な花火を阻止しようとする試みや、そのあとを追おうとする試みは、矢張りこれまでの試みのほとんどがそうであったように、ただ虚しかった。

そしてまた今回も取り残された人々は、林を通り抜けていったものが、一体どんな種類の象だったのか、各々(おのおの)が瞥見(べっけん)した部分部分を持ち寄りあって検討し、そしてまたこれも今までどおりに、それぞれの話をてんで勝手な流儀で書き記し続けた。

ムーンシャイン

Moonshine

1：戯言（たわごと）
2：密造酒
3：モンスター群とモジュラス関数のミシン台の上での出会い

一

千九百十一という数について長々と語りはじめることは僕などにはなかなか難問であり、それがお前の才能の限界であると言われればその通り。これがたとえば、千七百二十九とかであれば話は別で、まあ千七百二十九なるその数が、二つの正（せい）の立方（りっぽう）数の和で二通りに書き記すことのできる最小の数なのであり、そいつがタクシー数と呼ばれているとかいう話題やら理由については、みんなとうの昔に飽（あ）き果ててしまっているだろうと思う。

数そのものとかいう難儀（なんぎ）なものには御勘弁を頂くとして、一九一一年ということにするなら多

ムーンシャイン

少の話題の持ち合わせがある。たとえばファイト‐トンプソンの定理の元になったバーンサイド予想が提唱されたのがこの年だったりするわけだ。

曰く、「非可換な有限単純群の位数は偶数である」というのがバーンサイド先生の述べた大層有り難い予想なわけだが、これを発展させたファイト‐トンプソンの定理は、「奇数位数の有限群は可換である」ことを主張する。これらの定理の完成により有限群の分類という苦難に満ちた長大な歴史が幕を開けることになるわけだが、大多数の人々にとってそんなことは暮らしに活かしようのないことだろうし、正直、僕にとってもどうでも良い。

何故初っ端からこんな無茶な話題振りをしてぐだぐだと茶を濁しては沸かし直しているのかというと、そうでもしないとやっていられないからというのが、目下偽らざる僕の気持ちなのであり、現在の僕の手の中には、何故か千九百十一がある。あると言ってしまった以上は解説なりとが要るはずだが、僕はこいつについてあまり多くを語りたくない。勿論、数そのものなんていう物騒な代物ではなく、こう、鉄から出来上がっており、ずっしりと持ち重りがする上に、引き金なんてものまでついている。腹の中には.45ＡＣＰ弾七＋一発。いわゆるコルト・ガバメントＭ１９１１Ａ１。思わず、それは千九百十一個の要素の入れ換えに関する単純群ですかと訊き返したくなるところながら、無論違う。マシュー群はＭ11、Ｍ12、Ｍ22、Ｍ23、Ｍ24しか存在しないことが知られているから。この奇妙なパズルについて解説するには、圧倒的に時間が足りず、今のところホワイトボードの空きも存在しない。ありったけのホワイトボードには教授連が群がっており、現状を打破する方法をあっちの方から模索中。

無茶だからという理由だけから、全ての説明を放棄するというのもあれかも知れないので努力はしてみる。いわゆる群の定義からはじめてみようか。i）単位元が存在します。ii）結合法則が成り立ちます。iii）逆元が存在します。試験に間違いなく出てくるので暗記すること。っていうか、実感すること。これで何かが少しは分かり易くなっただろうか。今、もうわけのわからん呪文を唱え続けるのはやめてくれと頭の中で呟いたのは僕ではない。

　おうけい。もう少し真面目にやってみよう。そこのあなたの前に、一枚平らな鏡がある。この状況を、そこに対称群があると数学者は呼ぶ。そこのあなたと、左右を入れ換えたあなたが、鏡を挟んで向き合っている。i）あなたを鏡に映さない。ii）鏡に映さないあなたはあなたで、鏡に映したあなたは鏡に映ったあなたで、鏡に映っていなかったあなたを鏡に映すと、鏡に映ったあなたが登場。iii）鏡に映したあなたをもう一度鏡に映すと、鏡に映さなかったあなたになる。ここらでやめても何処からも文句は来ないと思う。僕はこうして黙ったまま、廊下の窓枠の下、Ｍ１９１１を膝に抱えて壁に背中をつけて座り込んでいる。おまけ。あなたの前に、互いに九十度の角度をなした二枚の鏡が突っ立っていると想像しなさい。まあ、万華鏡みたいなもの。

　派手な銃撃戦とかいうものを期待されても、僕にそんなものを描写する能力のあるはずがなく、そんな事態に立ち至ったなら、呑気に実況なんてしている余裕があるはずもない。書いている途中で何物かに襲われる手記に似るのがせいぜいだろう。ああ、今何かがドアを開きはじめた、悲鳴、一巻の終わり。おお、バーリン。死んでしまうとは情けない。だいたい、銃はここに一丁あるきりで、先方の人数も武装も未だはっきりしていない。ああ、窓に、窓に。今日も青空。

　ほい。

　机の引き出しから取り出した千九百十一を気軽に投げて寄越した教授に恨みつらみを感じない

でもないものの、現状は僕が役に立てるような場面ではないわけであり、そんなことは口頭試問を受けなくったってわかっている。普段から良く勉強しておきましょうっていうのはこういうことかね。いざというとき、ホワイトボードの前に立ち続ける権利を保有するか、撃てばまず間違いなく肩が抜けそうな四五口径を手に廊下にへたり込む羽目になるのか。

　腹が減ったなと考えながら、遮光カーテンを下ろした講義室の光景をドアから覗く。講義室の中央には、ベッドを真似た机の寄せ集めに横たわる一人の娘。年齢の頃なら十二、三、四、五、六、七、八、九の多分前半のより以前。傍らには、蒼褪めた馬のような顔つきで娘を見守り、か細い手を握り続ける中年女性。その二人に背を向けて、運び込むにいいだけ運び込んだホワイトボードに群がる八人の男。うち一人が僕の指導教官。一応念の為につけ加えておくならば、これは数学科の日常的な光景ではない。ありったけの窓硝子にがんがん頭をぶつけながら歩く老人や、壁に向かってぶつぶつ独り言を述べ続ける人物や、歩いているうちに井戸に落ち込む間抜け野郎や、空から降って来た亀に頭を割られる不幸な人物には不足しない学科であるが、これは流石に、きちんと異常な光景だ。解剖台の遺体を取り囲み、という話であれば、テュルプ博士の解剖学講義、みたいな話になるが、娘さんはきちんと着衣の姿を保っているし、教授連中はそれに背を向け、なんだか意味のとれない単語を矢継ぎ早に言い交わしては、またホワイトボードに戻るのだから、どこから突っ込みや解説を入れて良いのかわからない。とりつく島が視野の限りに見当たらない。

　不安げに目をあげる中年女性と視線が合って、僕は左手をひらひら振ってみせる。奇妙な親子と奇人の群。僕はどちらかといえばこの中年女性に近い性質を、つまりはこのままお茶の間に移植するだけで、違和感なく日常の風景に溶け込むことのできる性質をまだ持っており、これは仲間意識の表明なのだが、おばさまの視線は僕の右手に握られた鉄の塊に釘付けだ。怯えたように目を逸らす中年女性の気持ちはわからぬでもない。むしろわかる。感情移入に長けた方には、長らく入院していた娘が暴漢に連れ去られかけ、あれよそれよとなりゆきにより数学科へと移送され、何者かの追跡から逃れるように数学科から数学科を乗り継ぎ続け、はや一週間、誰からもこれといった説明のないまま、ホワイトボードに包囲された意味のわからない議論の輪の中央に置かれて放置され、大変に頼りのなさそうな若者が、ごつい銃を片手にやる気がなさそうに廊下に座り込んで護衛にあたっている、なんていう状況に投げ込まれた母親の気分にとくと漬かって頂くのが良い。僕には皆目わからない。

　多分これは、悪夢的な状況ではあるのだろう。試験の準備をしていないのに、当日を迎えてしまった子羊のような気分なのかも。それはまあ、僕なりにこの状況の解説を続けてみることもできぬではない。充分な時間が与えられれば。今こうして同時並行的に書き記されていく板書一枚につき、三日か四日の時間を解読用に貰えるならば。つまりは、書きなぐられては消されていくホワイトボードの上の記号を、僕は全く追えずにいる。細部を確認するより先にどこかへ流れていってしまう映画の断片。ごく平凡に考えるなら、一人一人の見ているものをいちいち新たに見直すのには、生活時間に人数を掛けた分の時間が必要となる。五日をくれればそこらへんを通りかかった院生に、大体の勘所を伝えるくらいのことはできると思う。そのあたりに立ち尽くす縁なき衆生に解説するなら、まあ、五年。糊しろを見て十年くらいは要請したい。ひょっとして僕の年齢と同じくらいの時間が要るかも知れない。そういうことを平気な顔で言い続けると、決まって不誠実だと非難を受ける。

「人を馬鹿にして」

そう真っ当な道理を言い捨てて、僕の前から姿を消した娘は三指に余る。

そう言われてもね。たとえばファイト・トンプソンの定理の証明は、論文にして二百頁を超えているのだ。それを一言二言、前菜と魚料理の間の軽い冗句としてアレンジせよと命じられて、応えることのできるシェフなんてものはこの世にいないと僕は思う。専門家の間でさえも、有限群論に関する論文のあまりの長大さには悲鳴が上がり続けているというのに。有限群の分類に関する論文を頭から尻まで並べてみせるのに何千頁が必要なのか、まだどれだけの証明ギャップが見過ごされたままそこに存在しているのか、知っている者は誰もいない。

「何を言ってるのかわからない」

かつての恋人たちから言われた台詞を、僕は現在、自分に向けて投げ直している。僕も自分が何を言いたいのか、何を知っているのかわからない。ホワイトボードの間を飛び交う単語は僕の頭を右から左へ素通りしていく。

きっとここで僕が滔々と語りはじめるべきなのは、群の定義なんかではなく、どうしてこの娘が誰かに狙われ、この教授連中が何をどうしようとしているのかってことなのだろう。残念ながら、その細部についても僕が何も知らないこと、怯えた目をした中年女性と何も違うところがない。救急車のサイレンが講義棟に横付けされ、ストレッチャーが運び込まれて、ボスが千九百十一を投げて寄越して、この一週間を促されるまま移動したこと。それで全てで正しく右で権利をなす。

「とりあえず起動まではこれで何とか」

ホワイトボードの前でボスが呟き、隣の教授がボスの手元を覗き込む。

起動、の単語は多分数学事典の中には存在しない。走らせたり使いっ走りをさせられたりといった出来事は、数学の方からしてみれば、全く関係のないことだからだ。点けたり消したりできないもの。それが論理だ。取りつけたりはずしたりできるのは前提の方で、つまりはこちらの頭の方で、何かの流れに横合いから接続することができるだけ。その流れが有効なのか、ただ流れ浮かび結ぶものかの判定は誰かのお好みに任されている。

僕は体を壁から起こし、右手を上げて廊下の突き当たりに出現した影を牽制する。律儀に引っ込むスーツの裾を視界の隅にちらと捉える。そいつがジーンズにTシャツ姿でのこのこ登場したのなら、僕も判断に迷うところだが、相手はどうも未だにこちらの流儀を把握している様子を見せない。FBIだかCIAだかDIAだかNSAだかMI6だか、GSG－9だか、第一空挺団だか知らないが、もう少しやりようなり格好なりがあるだろうに。

「来ましたよ」

他にすることもないので、わざとらしく前転をして講義室に転がり込む。尻をかすめる弾丸を期待していなかったと言えば嘘になるが、とりあえず先方に問答無用の発砲意思はないらしい。

「あとは魔法陣さえ描けば当座はしのげる」

ボスの不気味な笑みが僕を迎える。魔方陣？　いや、魔法陣。背後では残りの教授連中が、先程までボスの位置したホワイトボードの前に群れ集い、いやしかし、それはそれ、これはどれ、いつはそこ、わたしはそれ式の繰り言を相互に並べ続けており、やっぱり何が何だか把握し切れぬ中年女性が、何が何やらわからぬなりに、娘を庇うように両手を広げて、前へ一歩踏み出している。

ボスは点滴に繋がれた娘の乗るテーブルの横、中年女性に猛烈に睨まれながらどこ吹く風、奇態極まる紋様を嬉々としてレポート用紙に記しはじめる。

「いい加減説明はあるんでしょうね」

と問う僕に、

「彼女がするさ」

ボスは顎を使って彼女を示す。だからもう少しの間、そのでかぶつを構えていてくれ給えと言う。

机の上には、力なく横たわる一人の娘。無慈悲な夜の女王そこのけに無表情極まることなく、丸い目を開け、天井を睨む。僕はこの一週間、彼女が何かを喋るところや、何かを食べているところを見たことがない。一体生きているのかというと、それなりに人の道理に従い、動く。骨や関節、筋肉により。物質の道理に逆らっては動けないから。そうしたいのかどうかに関わらず、ぎくしゃく動く。大抵、虚空を睨んで仰臥している。何かを認識しているのか、犬を犬と、猫を猫と、人を人と、物を物と識っているのかどうか、甚だ怪しい。

「なあ、やっぱりモジュラス側からムーンシャイン経由で」

知り合いの教授が、ボスの肩越しに声をかける。

「時間がないよ」

とボスが応える。

二

百億基の塔の街で、私は育つ。

正確には、八十恒河沙八千十七極四千二百四十七載九千四百五十一正二千八百七十五澗八千八百六十四溝五千九百九十穣四千九百六十一秭七千百七垓五千七百京五千七百五十四兆三千六百八十億基の塔の聳える街。ただ一基の増減さえも許されず、塔の数は、七十一以下、三十七、四十三、五十三、六十一、六十七を除く素数で割り切れる。もう、地球を構成する全ての原子の数よりも多い塔。それでも私は、塔の数を正確に把握している。どのように。そこにそうして見えているように。聞こえるように。香るのと同じ。舌の上を丸く転がり、黄色く叫び、塩辛い羽音のように、微かに苦く高音で叫ぶ。肌理の上面を滑る指のように明らかで、柔らかく、ただ冷たく、青い。

時折、街のどこかでは、記憶から忘れ去られた塔が崩落している。でも大丈夫。これだけの塔の全てを、一息に押し倒してしまうことは誰にも決してできないから。倒れた塔は理に機に応じ、定められて対応する二つの塔に刻まれた道理に従い再建される。世の中から十が失われても、一と九が残っていれば二つを足して再建できるのと同じこと。一も既に失われていたとして、その場合、三から二を引くだけのこと。全てを反故にしてしまうには既に疾うにそのはじまりから巨大にすぎて、剣によって薙ぎ払われた草原は風を招き火を呼んで、加害者を排し、修復する。

私は、十七と十九、双子の兄弟と一緒に育つ。

「ねえ、いつ戻るの」

二人は同じ形の口を同じように動かして言う。発声の間には微細な差異が挟まって、過大なステレオ効果を伴って私に届く。あるいは私の頭蓋の中央で焦点する一つの声。右の子が右。左の子が左。右の子が左。左の子が右。双子の声は私の頭の中をすれ違う。身じろぎもせず左右の位置を交代しては遊んでみせる双子へ向けて私は微笑む。双子も穏やかに微笑み返す。小さな手が差し出され、一つずつを両手に握る。双子が握手してくれる。腕を摑んで軽く上げると、きゃっきゃと笑う。


　この街では、誰も新たに生まれるということがない。最初からそこにおり、いつまでもいる。始まりの前のその向こうから、終わりの時のその先でも、まだ平気な顔をしているだろう。だから私も、ここに改めて生まれることは起こらない。この街では誰も育つことがありえないので、双子の兄弟はいつまでも双子の兄弟の姿をしている。半ズボンをサスペンダーで吊り下げて、お揃いのチョッキを身につけている。ふわふわとした金髪が、揃いの磁器のように対称な顔を包んでいる。


　私は多分育つだろう。私はいずれ、ここを出て行くことに決まっているから。それとも、ようやくここまで、辿り着いたところだから。

「ねえ、いつ戻るの」

　そのうち私は元来たところへ戻るのだろう。そのうち私はまたここへ戻って来るのだろう。何処にもなく、ここにあり、いつかあったためしはなく、いつでもある。私が見ていない間も月はある。私が見ていない間も、月は私を見つめている。このことは本来、受け入れ難い。私が消えれば、月も双子も消えるべきだと、私はどこかで考えている。同時にそんなことはありえないと熟知している。多分、事態は逆だからだ。双子が見ていない時には私はいない。私がいなくなったあとになっても、双子は私のことを見つめ続ける。

「待っているから行ってしまっても大丈夫だよ」

双子は言う。

「何なら、僕らの方から会いに行くしね」

私はこの街の構成要素に属していない。だからこの双子と違い、街の修復機能は私を再現することはない。ただの観光客に近く、全貌を漠然と把握することができるだけ。明晰に知ることはできるのに、書き下すには時間が足りない。いかなる細部を記そうとも、細部はまた別の細部と繋がった緊密な網目を形成しており、記述は常に間に合わない。街には、八十恒河沙八千十七極四千二百四十七載九千四百五十一正二千八百七十五澗八千八百六十四溝五千九百九十穣四千九百六十一秭七千百七垓五千七百京五千七百五十四兆三千六百八十億基の塔。一つ一つを弁別して記すだけでも陽が暮れ昇り、子を生し、滅び、世代が雪崩を起こしても尚足りないほどの時間と場所が必要だ。塔を個別に識別するのに要するビットは百八十。多いと見るか少ないと読むかは人による。

個別の塔に留まらず、それぞれの塔の間の関連を記述するには、最低十九万六千八百八十三×十九万六千八百八十三次元の正方行列が要る。二十文字×二十文字の納まる紙を用意して九千六百九十万七千二百九十枚分。それだけの場所を用いることで、ようやく塔の一つの描写が叶う。

そんな行列がやっぱり八十恒河沙八千十七極四千二百四十七載九千四百五十一正二千八百七十五澗八千八百六十四溝五千九百九十穣四千九百六十一秭七千百七垓五千七百京五千七百五十四兆三千六百八十億個。

こうして見、触れることができるものに対して。外観だけを描写するのに。

地球を構成する原子の数より多い塔を持つ街を、どうして想像することができるのか。答えはあまりにはっきりしていて、その街は想像されたものではなく、こうして今ここにある。目の前にあるので見ることができ、聞くことができ、触れ、香り、舐め回すことが可能であり、気になった部分があれば、そこへ行って実地に見てみれば良い。それだけのこと。双子に頼んで、どこへなりと連れて行って貰えばよい。

地球を構成する原子の数より多い塔を持つ街が、どうして地上に存在するのか。考え方は様々あり、屁理屈はどこにもどのようにでも貼りつけうる。この街は地球の中にはないのだとか。塔は原子で出来ているわけではないのだとか。実際のところ、どちらも正しい。星形に並んだ五つの点を二つずつ結んでみるだけで、十本の線が出現する。十本の線を二本ずつ結んでみるだけで、新たに四十五本の線が出現する。なにとなく、そのようなこと。そんな過程を繰り返して成長していく星形は、この宇宙の中にあり、この宇宙の中には入り切らない。多少厄介な事情としては、この街はそんな単純な構成から組み上げられる記述をさえも持ちえない。

私はこの街でこうして暮らしているものの、ここに時間は流れない。何もかもが不変であり、風景はいつも金色の光に包まれている。時の止まった巨大な構造物のほんの片隅、私は双子に挟まれ座っている。視野の限りに、大小細太様々の塔。それぞれの塔の表面では、無尽に入り組む意匠が安易な解釈を飛沫のように跳ね退けて傲然と頭を上げている。いかようにも。塔は無音で叫び続ける。いかようにも表現するのが良いのだが、ただし一貫性をもって表現せよと咆哮する。Aを一度Aと呼んだら、次のAもAと呼ばざるをえないのであると紋様は叫ぶ。

さもなくば。

「君は君でなくなってしまうだろうから」

双子は言う。

「いつも僕らが見ていることを忘れないでね」

双子は言う。

この街で私は、双子の兄弟から異国の言葉を学ぶ。それはとても奇妙な言葉で、言葉の動きが、ここには存在しない私の手足を構成する。束をなす感覚の流れが、それぞれ視覚と呼ばれ、聴覚と呼ばれ、嗅覚と呼ばれ、味覚と呼ばれ、触覚と呼ばれ、名付けられていることを知る。私は私を構成し、私を記述する術を学ぶ。

「そう、僕らは双子だ」

双子は言う。

「君に見られるがゆえに存在する、君のことを考えている双子で、君は僕らに見られているがゆえにそこにいる。本当は僕らのこの言葉の方が、異国の言葉のはずなのに」

おかしいね、と並んだ双子はくすくす笑いながらお互いの体をつつき合う。

「僕たちの教えることのできる言葉を、あんまり信用しちゃ駄目だよ」

双子は私の両耳に向けささやきかける。

「ここにはたまに君みたいな人が来るのだけれど、生まれつきこっち側にいる君みたいな人は滅多にいない。滅多というか、僕らの知る限りにおいて初めてのこと。君にはあっちの方が偽物に思えてしまうかも知れないけれど、こっちが嘘で、ううん、とことん本物なんだけど、君にとってはあんまり本物の場所じゃない。君は街に組み込まれてはいないから。残念だけど。僕たちはここでのものの見方を教えてあげられる。僕たちを見なくても良くなるようなやり方を、君に教えてあげられる」

私は、こうして双子を見ていられればそれで良いと感じている。時の止まった空間で、私だけが歳を取り続けていくのでも。全ては整然と、膨大に、捉えようもなく、いつまでもこれからもそこにそうしてあり続け、知りたい細部は常に明晰に手にとれる。私の在不在に関わらず。

「ねえ、いつ戻るの」

「戻って欲しいの」

私の問いに、双子がそろってかぶりを振る。一見、鏡を挟んだように映り、しかし圧倒的な差異を細部に抱える少年が二人、困ったように項垂れる。

こんな逢瀬は本来徹底的に間違いなのだと、双子は言う。六十一や六十七に知られたら、怒鳴られるくらいじゃ済まないんだから。

「本当は全部忘れてしまって、もう二度と戻って来ない方が良いんだよ。これ以上多くを望みたくなってしまったら、僕たちもどうすれば良いのか知らないから。それとも僕らが多くを望むようになってしまったら、何が起こるかわからないから」

だから早く言葉を全て覚えて、そうして忘れて貰わなくちゃと双子は言う。

三

現在は第三巻と第五巻の一部を断片として残すのみの、偽アポストロス・ドキアディス『全異端論駁(パナリオン)』は、当時の異端(いたん)的神学者の著作からの引用を多数含むという点において貴重なものと見なされている。既に失われた著作家たちの仕事を雄弁に語るこの著作の中で行われる多数の批判の対象に、二人の数学者が含まれていることは指摘されることがほとんどないが、偽ドキアディスがこの二人を数学者とは見なさなかったことは今からすれば理解し易い。二人の主張が一般に想像されるような数学者の言行とは乖離(かいり)していることが、二人の実像を見えにくいものとしていることは確かであるから。

ここで希臘(ギリシャ)の哲人として名指しされ、あるいは奇妙な石蹴り遊びの考案者として指名されているペトロス・パパクリストスは、一つ一つの数を生き物と見なした咎(とが)によりこの碩学(せきがく)から異端の烙印(らくいん)を押されている。特に、「それ自身と一以外によっては決して割り切られることのない数」に関するパパクリストスの執着は深く、それらの数の性質を人間そのものの振る舞いとして描写している。たとえば百一と百三の双子素数は、パパクリストスの夢の中に双子の少女の姿をとって登場する。哀しげな微笑を湛(たた)え、純白の貫頭衣(かんとうい)に身を包んだ少女二人は、当時パパクリストスが取り組んでいた難問に対する導き手として、また彼の未達成をあらかじめ告げるものとして執拗に彼を悩ませ続ける。夢の中で難問に挑み続ける彼を、ベッドの脇に佇む少女二人は無言のままに微笑み見つめ、助言を求める彼に応答を返すことはない。

偽ドキアディスは、パパクリストスが最終的に精神の平衡を欠き、難問の解決を石蹴り遊びと同一視した末、嵐の中で落雷に打たれ亡くなったことを書き記しており、その罪状をこの少女二人へと帰す。彼はこの双子を、はっきりと悪魔と名指ししている。

『全異端論駁』に登場するもう一人の数学者、ロンディニウムのダニエルは、その主張の奇抜さにおいて、より一般の数学者像からは離れている。彼自身の手になる文章は今に伝わっておらず、『全異端論駁』が収めるのは、彼の行状を記した別人の手になる手記の一部である。

この報告者によると、ロンディニウムのダニエルは、数を風景に、風景を数に読み替えることが可能であったとされている。

石畳に色とりどりの線を波打たせて描いていくダニエルは、その紋様を、自分が見ているところの円周率の表現であると主張していたものらしい。彼は、路面に描かれうねる線の最初の山から次の山までが、円周率の冒頭十桁を表していると説明をした。もしも彼の主張が真実であるならば、彼が路面に記し続ける線は、その全長から類推して、円周率を数十万桁まで書き記したものだということになると、報告者は書き残している。ここで、人類が円周率を小数点以下百桁まで実際に計算できるまでには、十八世紀の到来を待たねばならなかったことを思い出すのも良いかも知れない。

ダニエルはまた、雲の形や木々の姿を単一の数として読み上げることができ、その変形を数の変化として捉えることができると主張していたとされており、このこともまた、偽ドキアディスの怒りを買ったようである。報告者の言に従えば、ダニエルは雲の変形や木々のざわめきを、それぞれに固有の演算として認識することができていたということになる。一と一を足せば二であるように、一と一を掛ければ一となるように、一と呼ばれる雲と二と呼ばれる雲を、「雲る」ことにより、たとえば五の雲が生成するというのが、その骨子であったらしい。「神の定め賜うた手続きに、そのような余分な手続きを好き勝手に付け加えることは不遜である」とするのが、偽ドキアディスによる論難である。彼にとって数に対して許された演算とは、加減乗除の四則に限られたものであったらしい。偽ドキアディスは古典時代の神学者であり、無理数の存在を認めていなかったこと、また、整数で割り切れぬ割り算を、割り算とは認めていなかったこと、つまりは分数を数とは認めていなかったことには注意が要る。

この種の奇妙な能力を見せる人々の活動は、様々な偽書の中に確認することが可能である。中世においてキケロの手になるとして短期間流通したことのある『続アカデミカ前書』は、キケロの『アカデミカ前書』におけるテミストクレスの驚異的記憶能力をこの種の異端的数学能力へと帰している。

『アカデミカ前書』においてキケロは、古典期における優れた記憶力の持ち主として、ルクルス、ホルテンシウス、シモニデス、テミストクレスを挙げている。キケロによれば、ルクルスは事柄の記憶に優れ、ホルテンシウスは言葉の記憶に優れていた。言葉よりも事柄の記憶に本質を見出すキケロは、ルクルスに軍配を挙げている。シモニデスは体系的な記憶の術を編み出し、シモニデスを凌(しの)ぐ驚異的な記憶力の持ち主であるテミストクレスはその術の存在自体を嘲笑(あざわら)っている。

シモニデスの編み出した記憶の技とは、建築物の配置を記憶と同一視する技術である。人は建築物の配置に強烈な印象を持つものであるから、自分用に誂(あつら)えた理想の都市を記憶用に一つ保持することを、シモニデスは提唱する。現実の街でかつて起こったことのある出来事の一つ一つが、記憶の街の光景に対応することにより、記憶は明晰に呼び起こされる。誰が誰に刺されたのかを記憶するより、誰かが誰かに刺された光景の方を記憶せよということだ。たとえ刺された人物の名前そのものを忘れてしまったとしても、顔つきや物腰、その都市での人間関係などを手繰(たぐ)るうちに、遠回りの道を伝って、名前は思い出されることになる。要素ではなく脈絡を、そう大きくまとめることもできるだろう。

シモニデスはこの技術を、一つの崩落の中で発見している。

土地の金持ちの屋敷の新築宴会に出かけたシモニデスは、カストルとポルックスを讃(たた)える詩を吟(ぎん)じることを命じられる。この挿話(そうわ)の中で詩を披露(ひろう)したシモニデスには、何故か半額の礼金をしか支払われない。憤(いきどお)るシモニデスは暴発の直前、門のところへ二人の若者が来ていると告げられて、しぶしぶ屋敷を後にする。彼が退出すると同時に、新築の屋敷は見るも無惨に倒壊する。シモニデスが振り向くと、列席者は石材に埋もれて弁別(べんべつ)不能な死体と成り果てており、死者を引き取りに来た親戚たちは、どの肉片が愛する家人のどこまでなのか、頭を悩ませることになる。

シモニデスは、宴席の席次を光景として記憶しており、それゆえに、わだかまる肉の塊を、そこらへんはだいたい三丁目の佐藤さん、あそこらへんはだいたい四丁目の山田さん、と指し示すことができたのである。かくてシモニデスは写真のような記憶力を利用して、入り交じった肉塊を個々の人間へと差し戻すことが叶い、これが記憶の術の要諦であり全貌である。

シモニデスを崩落から救い出したのが、カストルとポルックスの双子であったことは言うまでもない。

記憶を、記憶の中の光景と一致対応させること。シモニデスの発明したこの技術に対してテミストクレスはこう返したのだとキケロは言う。

「記憶する方法よりも、忘れる方法の方を教えてもらいたい」

偽書であることの判明している『続アカデミカ前書』によれば、テミストクレスはシモニデスと同様の記憶の術を使っていたのだとされている。ただしそこで記憶の基盤として用いられているのは、記憶の中のものなのか、実在のものなのかが最早判然としない理想の街並みなどではなく、数の秩序そのものだったということになる。数などというものはそこらにいくらでも転がっているのであり、とりあえずのところ記憶や知覚に関わらず存在している。ならばそちらを用いる方が余程効率的であると、この奇妙な書物は説く。

様々理屈をつけるにせよ、街並みも所詮、形態を変化させ、朽ち崩れていく有命のものであるにすぎない。記憶の中の街並みが崩壊することにより、そこに貼りつけられていた記憶もまた、共に崩壊せざるをえない。そもそも、記憶の術の生誕にしてからが、建築物の崩壊から生じたものであることは重大である。崩壊そのものをして崩壊を記憶するということになればどこか本末が転倒してはいないだろうかと、偽作者はテミストクレスの口を借りて問いかけている。

テミストクレスが忘却から切り離されていたのは、彼が崩壊することのない建築物により記憶を構成していたからだと、『続アカデミカ前書』は結論する。勿論その不朽の建築物は、彼に忘却を許さない。新奇なものは想起にすぎぬとしたのはプラトンであり、全て新しいものは忘却であるとソロモンは言う。つまるところ新奇なものは存在しえない。

一九七九年、ジョン・コンウェイとサイモン・ノートンは、モンスター群の表現とモジュラス関数のフーリエ展開の係数の間に奇妙な類似を発見する。一は一に似ていて、十九万六千八百八十四は十九万六千八百八十三と、二千百四十九万三千七百六十は、二千百二十九万六千八百七十六足す十九万六千八百八十三と、八億六千四百二十九万九千九百七十は、八億四千二百六十万九千三百二十六足す二千百二十九万六千八百七十六足す二掛ける十九万六千八百八十三と殆ど同じだという事実を、彼らは偶然発見する。

それがどうしたという理屈づけは、当時の時点で存在しない。彼らが発見したのは、本当にそれらの数字の間の奇妙な類似、ただそれだけだったから。

怪物的戯言。

どうしてみたって、ただの偶然としか考えられず、偶然として片づけるにはあまりに整然としすぎている癖に、理解や筋道を完全に拒んだその対応をコンウェイは、人間の知性に挑戦をしかける全くわけのわからぬものとして、イギリス人らしい冗談まじりにそう名付けた。

四

　そこに、数を数の持つ性質として直感できる人間がいたとする。その人物はたとえば千九百十一と数字を聞いて、そこに潜む無数の性質を立て板に水に話しはじめる。それが十三掛ける七掛ける七掛ける三だとか、一を千九百十一個足し上げた数だとか、一体何通りの整数の足し算に分割できるものであるとか。

　そうした能力を備えた人物は、皆無(かいむ)ではない。

　一瞬目にしただけの光景を何年経(た)っても忠実に再現することができたり、巨大な数を一瞬で因数分解してみせたり。大雑把(おおざっぱ)に、サヴァンと呼ばれ、ひとからげに分類されることもある。あるいは単に、数に対する絶対音感みたいなもの。

「そういう娘だったっていうことですかね」

　千九百十一不法所持の罪名の下(もと)、油絞り機にかけられた末放免されることをえた僕は、更(さら)に一週間のダイエットを強要されてようよう帰還したボスに訊いてみる。教授は論文の山に埋め尽くされた机の表面を、感触を確かめるようにとんとん指で叩(たた)いて応える。悪いね。銃撃戦が発生しなくて。

「だとしたらどうだと思う」

　まあ多分、大概(たいがい)のことが何故かそうなってしまっているように、大変に下らないことなのだろうと僕は思う。

「サヴァン・コンピューティング」

「古くさいよ」

ボスが面白くもなさそうに笑ってみせる。

「大体、彼女は、こちら側との対話さえ定かじゃなかったじゃないか」

「それ自体は関係がないのでは。彼女を高性能暗算機械として扱う分には。脳の電位でも何でも計ってしまえばそれで済むような」

「意外につまらん答えだな」

ボスがしかめ面をこちらへ向ける。

素因数分解が矢鱈と早い人間がいたとして、一体何の役に立つのか。割り勘、の役にも無論立つが、現代の暗号理論の基礎部分は、巨大な数の因数分解が大変困難だという事実に支えられている。もしそんな能力を持つ小娘がいれば、世界中の暗号を容易く解読してみせることができるだろう。まあ、言う程簡単なことではないわけだが、どこの何かは知らないが、情報部門としてはエイリアンじみて喉から喉を出して更に中から口を出したくなるような生き物だというのは多分正しい。

「今時ね」

教授が机を叩く調子が早くなり、論文の山が一つ崩れる。

「暗号文の内容なんてもので動く諜報機関なんて存在しないよ。書いた者がいる以上、当人をとっ捕まえて訊けば良いんだから。誰がいちいち文章の中身なんて読みたいものかね。情報が真に重要なものなら、そいつにつられて人が動く。そっちを見張る方がよっぽど効率的っていうものだろう。人間はそんなに複雑な情報処理をしていないよ。火がつけば逃げる、殴られれば殴り返す。殺されれば殺す。暗号文なんかよりもよっぽど単純な法則に従っている」

「じゃあ」

「まあ正解」

僕は、心底つまらなさそうに台詞を吐くボスの薄くなった頭頂部を観察する。何かの特殊な能力を持った娘を、何かの役に立てるため、どこかの組織が略取しようと試みた。ボスは、人道的理由からだか、自分の研究上の興味からだか、その試みの阻止を企てたか、もしかして人類の平和や滅亡のため、人体実験にうって出て、何かの組織と衝突し、僕はそいつに巻き込まれた。あまりにもそのままで下らなく、何かにむけて怠惰の誹りを免れない気がして仕方がない。せめて銃撃戦なりとを経由しなければ、盛り上がりに欠けること甚だしいと当事者である僕でも思う。踏み込んで来た情報部員に、両手を上げて降参したこと。それが僕らのやったこと。僕としても一応、震える腕を持ち上げて、千九百十一を構えるくらいはしてみせた。それを横目に制止したのはこのボスだ。腕を下げろ。そいつはおもちゃだ。渡すなよ。おもちゃ。

「先方はそう思いたがっているわけで、人は信じたいものを信じるものさ」

ボスは胃のあたりをさすりながら吐き捨てる。論文の山をがさがさ崩し、器用に一枚の紙切れを引っ張り出して、僕に向かって突きつける。

```
2 2 2 2 2 2
2 5 5 5 5 2
2 5 2 2 2 2
2 5 2 2 2 2
2 5 5 5 5 2
2 2 2 2 5 2
2 2 2 2 5 2
2 5 5 5 5 2
2 2 2 2 2 2

2 2 2 2 2 2
2 5 5 5 5 2
2 2 2 2 5 2
2 2 2 2 5 2
2 5 5 5 5 2
2 5 2 2 2 2
2 5 2 2 2 2
2 5 5 5 5 2
2 2 2 2 2 2
```

「どう見える」

僕は紙片を受け取り睨み、そこに見えるはずと知っているものを見出そうと試みる。こういうものに対しては、まず見る前に見方の方が決まってしまっているものだ。白と黒の斑点が乱舞する図を見せられれば、まずそこにダルメシアン犬を探すべきであり、右に回転している映像を突きつけられれば、左に回せないかと疑うべきだというのと同程度に常識問題。

「5と2」

そういうことさ、とボスは椅子の背に凭(もた)れ、顳顬(こめかみ)を片手で揉みながら、話は済んだからもう出て行けというように空(あ)いている方の手を振る。

こんな紙片が出て来るということは、あの娘は共感覚の持ち主だったということになるのだろう。おそらくは、数に特化された共感覚者。そいつがどんなものかというと、複数の感覚の入り交じりを指す。たとえば、2が灰色に見え、5が黄色に見えたりする。音が味を引き起こし、味覚が形を呼び起こす。誰にも多少は起こることのある混線であり、稀(まれ)に顕著な例が発生する。なんとか味のどれそれ。食べた事がないのに、何故か味を知っているもの。カレー味の何か。何か味のカレー。化学物質の脳内での結びつき。何割かは化学的な紐帯によって結ばれて、何割かは認知的な馴れ初めにより結ばれる。

　それほど珍しい事例ではない。それぞれ勝手に、好きなものを感じているというだけのこと。当然、体の構成に従い好き勝手に感じるので、個々人の間で統一性は見出せない。

　紙片の例に戻るとして、２を□に、５を■に置き換えてみるとどうなるか。

　２は□じゃないし、５は■じゃないのはその通り。でもそうして何がいけない。□が２でも■が５でも僕は一向構わない。

　そいつが、文字と色に関する共感覚者の見ている風景を真似したものだ。２が灰色に見えるとして、５が黄色に見えたとする。その種の共感覚からすると、紙片の上には黄色く記された５と２の文字が浮かんで見える。

　そうは見えない人のため。数字と四角を入れ替えて無論こうなる。

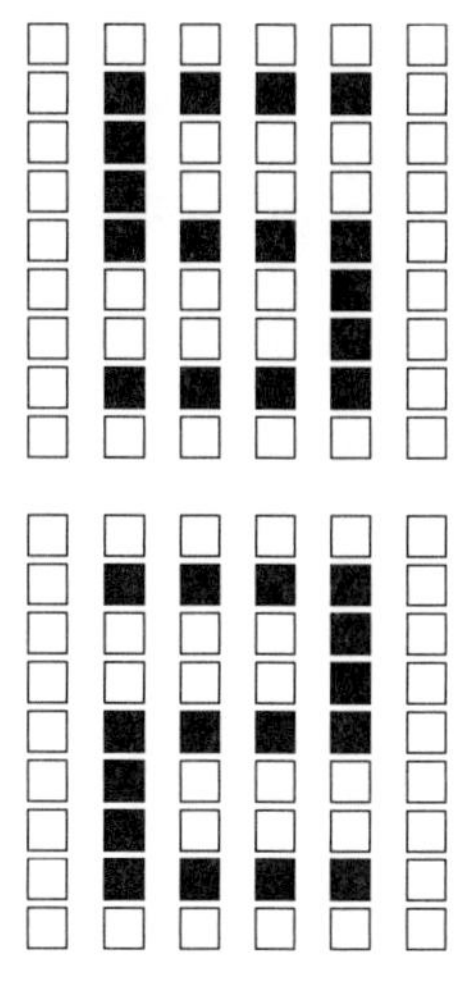

どうかな。

もしも、巨大な数に対しても、数字に色がついて見え、しかもその色の加減が、素因数分解に結びつく能力者がいたとするなら。数字の並びから5やら2やらが浮き出て見えるように、瞬時に素因数を認識しうる。先の図から数字を読み出すことは、共感覚を持たぬ者にも可能ではある。しかしその効率において、非能力者が圧倒的に遅れをとることは間違いがない。

数字と色の混淆(こんこう)は、共感覚の例として左程(さほど)珍しいものではないことが統計的に知られている。数字を風景として見ることのできた人物としては、ロンディニウムのダニエルなどが有名だ。その彼にしてからが、あまりに巨大な数に対しては、色がぼやけて判別が困難になることを自伝の中で報告している。その現象は、人間の脳が、掛け算割り算の秩序に追随することができなくなる過程として理解が可能だ。人間の脳が数学的秩序そのものとは異なっており、自然の言語は常にデコードを必要とすること。デコードの追いつかないものは、なんだかぼんやりとしか映らないこと。おおよそそんな連想の傍証ということになるだろう。参考までに、掛け算は乗法群をなしており、割り算は掛け算の逆演算を構成している。

もしかして、数学的秩序におそろしい精度をもってそのまま一致している共感覚者。あの娘は、そういう種類の生き物だったということだろうか。

目を細めたり見開いたり、紙片をためつすがめつしながら僕は、ボスに率直なところを尋ねてみる。そいつは今時、かなりつまらない使い古されたオチじゃあないですかね。ボスは嘆かわしげに頭を振って、更に激しく片手を振る。ほとんど蠅(はえ)を追う動作に近い。まったくもって情けないというように、これみよがしに溜め息をつく。

「図をわざわざ二つ並べた理由について考えることもできんのかね」

「親切のためでは」

勿論これは、ただの嫌みというものだ。

「僕は親切な人間じゃないよ」

わざわざ生真面目に宣言してみせるボスの言葉を聞き流し、僕は紙片を改めて睨む。2が灰色、5が黄色。灰色の四角の中から、黄色の文字が浮かび出す。黄色く浮かぶ、5と2の文字。

「だから一体」

なんなんです、と紙切れを振り回しながら文を結ぶ直前に、僕は全てを諒解する。当然そんな一瞬では、閃く全貌の細部を捉えることなど叶わない。しかしそれが真実であることを僕は直観的に理解する。何故と問われて理由はない。

控え目なノックの音と、僕の一言が重なり合う。

「多重共感覚者」

「すみません」

ボスが重々しく頷く気配を背中で捉え、振り向いた僕の視線の先では、ドアを控え目に開けた中年女性が腰の引けた様子で突っ立っている。腰のあたりに一人の少女がまとわりついて、ひょっこり顔を覗かせている。僕の顔を見つめて一拍を置き、訳知り顔でにっこり笑う。なんだかどこかぎこちないが、それでもなんとかにっこりと呼べる水準で笑う。僕の背後でボスが椅子から立ち上がり、僕の背中を前へ押し出す。

「僕はお母さんと話があるから」

　ボスが言う。

「一体、どこまで」

　僕は先の問いに続けてボスへと問うが、ボスは無表情に僕を押し出す。

「その間、年齢の近い同士、そこらで散歩でもしてきなさい。三十分ほど」

　ボスと僕、この娘の間には、おそらくそれぞれ干支が一回りするほどの年齢差があり、その提案は不当ではある。ボスが続ける。

「説明は彼女がするよ」

　少女が中年女性の腰から手を離し、一歩下がってこくりと頷く。僕はボスと中年女性と少女の顔を順繰り（じゅんぐ）りに眺め、中年女性が一つ、深々とお辞儀を寄越す。

五

「まあ、説明は困難なのです」

　両手でコーラの缶を保持して、ベンチで足を揺らしながら、少女の形をしたものがそう、口火を切る。

　それはまあ困難だろうさと僕は思う。一体、何をどこから解説されれば、解説が解説の用をなすのか、僕の方でわかっていないのだから仕方がない。事件の経緯を省略されて、いきなり解決篇から始まっている推理小説を読まされるように落ち着きが悪い。この期（ご）に及んで確認するのはあれなのですが、被害者は一体、誰なのでしたっけ。

「君は誰だ」

仕方がないので訊いてみる。

「十七」

ああ、もう何が何やらわからないので僕は頭を抱え込む。確かに僕は、この少女の戸籍上の名前を知らない。しかし、それがセブンティーンとかポップ・ティーンなんてものではないだろうことは、今更言うまでもないことだ。

多重共感覚者。灰色の2の並びの中に浮かび上がる、黄色い5でつくられた、2。その2は一体何色で見えるべきなのか、というのが、ボスの寄越した問いかけだ。光景が数字に置き換えられ、数字が色に置き換えられ、そこで見出されるものが、また別の感覚へと変換されてどこまでも続く、想像するのも億劫（おっくう）な、認識上のカスケード。認識の鏡によって変換を無限に繰り返され、そこに移ろうチグリスやらユーフラテスやらインダスやらと呼ばれる太い流れが、かろうじてのところ五感を擬態しながら入り交じる、想像の中の万華鏡。

「もう、僕の正体をわかっていますか」

少女の形をしたものの表面に浮き出た何かがそう尋ねる。

「ユニバーサル・チューリング・マシン（UTM）か」

「まあ、能力（クラス）的には。でもチューリング完全なんてのは、容易く実現できるものでね。ライフ・ゲームだって見方によってはチューリング完全」

十七を名乗る少女が答える。勿論それは年齢でもない。

「ただの数字のくせに、コンピュータ（UTM）を名乗る、と」

チューリング・マシン。それはいわゆる、コンピュータ。ユニバーサルなチューリング・マシン。それはコンピュータにできること全てを可能とするコンピュータ。つまり、普通のコンピュータ。僕はベンチに浅くかけた尻を更に押し出し、背中をずってずるずる伸びていく。

「なあ、どこからどう、切り出されている」

「ええとね」

少女はコーラの缶を胸に抱えたまま、眉を寄せて空を見上げる。

「この娘はやっぱり、この娘なんですよ」

「それは多分そうだと思うよ」

そう信じたいものだと僕は思う。この少女が数だと聞いていきなり納得できる奴がいるなら、そいつはかなりのところお目出度（めでた）い。僕のことだが。人に騙（だま）され易い性質なので気をつけるようにと、通知表に書かれたことはおありだろうか。少女は平坦に数字を読み上げる。

「八十恒河沙八千十七極四千二百四十七載九千四百五十一正二千八百七十五澗八千八百六十四溝五千九百九十穣四千九百六十一秭七千百七垓五千七百京五千七百五十四兆三千六百八十億」

僕はその数字を知っている。

平常の人間の認知過程が多重に暴走している小娘。視覚が聴覚であり、味覚であり、嗅覚であり、触覚であり、またそれぞれの感覚が、別種の感覚へと網目をつくって受け渡されている構造物。その秩序は、奇妙なことに数の秩序と一致している。おそらくは、人間がこれまで指をかけることの許された最も複雑な構造物に。八十恒河沙八千十七極四千二百四十七載九千四百五十一正二千八百七十五澗八千八百六十四溝五千九百九十穣四千九百六十一秭七千百七垓五千七百京五千七百五十四兆三千六百八十億は、最大の有限散在型単純群、モンスター群の位数に一致している。これ以上の複雑さは、有限のものに対する群論型の演算を実現するものとして、本質的に存在しない。その内部に別の万華鏡を含むことのない、孤立して虚空に浮かぶ巨大な万華鏡。他の何物からも組み上げられることのない、巨大にすぎて想像を絶する基本要素にして群論的アルファベットの最後の一文字。

「何故、と問うのは駄目なんだろうな」

「それは僕も知りませんから」

肩を竦(すく)めながら十七が言う。

「彼女も知りはしないでしょう」

そう、こともなげに続けてみせる。群論と、コンピュータの間に直観的な関連なんてないのでは、という問いだって、この事実の前には無効なのだろうと思う。なんだかわからないがすごいもの、という以上の表現の当たりようがない。

群の復習。何かと何かをかけあわせると、何かになる。その全体。掛け合わせて何が出て来るのかには規則がある。そこまでを含めて一つの群。お父さんとお母さんを掛け合わせて一人の子供。子供とお父さんをかけあわせてお母さん、とかそういう代物。視覚と聴覚をかけあわせて何が出て来るのか、僕はそんな演算を実行できる器官を備えない。

「僕は」

どこから何を訊くべきなのかわからぬままに、少女と並んで空を見上げる。

「数と対話をしている人類最初の男ということになるのかね」

光栄だ、とはとてもじゃないが言う気がしない。

「違いますよ」

そう十七が断言してくれて僕はほっと息をつく。

「彼女あっての僕ですから。あなたのボスが描いたあの紋様、彼女の裡(うち)で渦巻く認知過程を乗り切って、ポストのＵＴＭの認知的概念図を届けたあれ。あれに合致したのが僕なだけでね。本当は、彼女自身を呼び出そうとしたんだろうけど」

へえ、と僕は間抜けた返事を戻しておく。

要するに、ボスの呼びかけは、故意にか不可抗力でか、この少女を構成する一部分にだけようやく届いた。それだけでも大したことであるとは、僕も素直に認めたい。無茶苦茶に入り組んだカスケードで構成され、認識されるものたちが連鎖的に認識され続ける大渦の中で尚、何かを届けることが可能であること。不動点とか安定性とか、きっと何かそういうもの。図形は色であり、色は音であり、音は匂いであり、匂いは触覚であり文字である。それら個々の性質が、無理矢理に乗り継ぎながら立ち位置を入れ替え、全ての感覚が互いを融通しながら混淆する。彼女は視覚情報から得た紋様を「十七」として認識し、十七はこうして応答機械としての職務を見事に果たしている。何故十七なのかという問いの答えは、多分こういうことになる。

彼女の把握する十七に関する記述の束(たば)が、ＵＴＭの形態をたまたま採(と)っているのだろう。十七は十七番目の数であり、十七は素数であり、一を十七個足したものであり、双子素数の一つであり、プロス素数であり、フェルマー素数であり、整数への分割の仕方が二百九十七通りあり、唯一の正のジェノッチ数であり、十七角形は定規とコンパスで作図できる多角形であり、壁紙群が丁度十七個あり、といった諸々の性質が、それぞれの文章に登場する単語の関連が記述の束が、たまたま偶然、彼女の中では、計算機のような構造に対応していた。

それが、ボスの呼びかけに応えた、十七の登場の理由なのだということになる。

もしかして、彼女の持っているかも知れない、超、整数把握能力。そいつをこの十七自身は持っていない。なんといってもこの十七は、ただの計算機の同等物であるからだ。こうして微笑み、考え、僕の問いに応答らしきものを投げ返す、高度に洗練された認識上の自動機械。彼女の把握している人間との間に設定されたインターフェース。中国語の辞書を与えられ、右から左に適切なカードに翻訳を記し手渡す人型の数。

どういうなりゆきなのかは知らないが、ボスはいつかどこかで少女のことを聞き及ぶ。人語を解さず、挙動は不明で、何の秩序に従うのか、常人の理解を遥かに超えた、細胞の巨大な集積物。いかにもボスの好きそうなもの。この超越的なガジェットに、ボスは確かな秩序を見出す。手に負えない代物だと慄然と悟る。それがどういう経路でか、とんでもない場所へと漏れ伝わる。ミステリだかSFだか、エンターテインメントな謀略物を暇にあかせて読みすぎているどこかの間抜けな情報機関が、この少女をただの便利な算盤と見なして奪取を試みる。

様々色々、すったもんだの一週間を費やした追いかけっこの果て、とある大学の講義室へ踏み込んだその機関のエージェントは、少女の眼前に奇態な紋様を描いた紙を翳すうちのボスと、僕のつきつける千九百十一の銃口に対面する。

身を起こした少女が、エージェントへ向け挨拶を投げる。それは少女の認識の上に存在する、疑似人格のエミュレーター。

繰り返したい。十七は、もしかして彼女の保有している、化け物じみた演算能力を保持していない。何故なら十七はただの計算機にすぎず、ただの計算機は、巨大な数の因数分解を片手間で完遂することはできないからだ。十七は、謎の機関の調査を巧みにすり抜ける。自分が機械と同等のものであるにすぎないことを相手に納得させることにより。謎の機関は、少女型の計算機を欲しないし、十七の背後の彼女が見ているものを想像できない。ゆえに少女は解放されて、こうしてボスを訪ねてきている。

それが多分、だいたいのところの全貌ということになるのだろう。その意味で、ボスは少女を呼び出すことには失敗したが、謎の機関の手から少女を救ったのだということになる。

「まあ大体そんなところ」

十七が、目に興味深げな光を浮かべてこちらを見つめる。

「あんたたちは、変だね」

そう言い捨てて、ころころと笑う。年齢相応に笑いを笑う、少女型の機械。その向こうには、既知人類の見知らぬ光景の中に暮らす娘が一人。彼女が人間を人間として認識していることは疑いがない。十七はこうして人間として登場しており、人間として扱われている。

彼女は無意識的に人間のことを知っており、それゆえに十七を擬人化して把握している。同時に十七を計算機として構成しており、こうして人間を模倣するものとして駆動させている。単一の数にしてコンピュータにして、人間の認知機構をくぐりぬけて生物として通用するインターフエース。彼女はモンスターと共に暮らしており、彼女との交渉には、その構造を用いるしかない。紙に記された、謎の図形。対モンスター用に調整され、多段の認知機構を励起(れいき)して、少女のどこかに埋まる計算機部分を呼び出す召還呪文。一つのとりかかりが論理に則(のっと)り、全体を一息に組織化し直す。

無論これは、十七という数そのものが、誰にとってもこういう生き物であることを意味していない。そんなことは言うまでもない。共感覚とは、ただ個別に感じられる性質であり、統一的に同じ挙動を引き起こすものではないからだ。誰かにとって黒い2は、誰かにとって黄色い2で、誰かにとっては灰色の2で、それで何の問題も起こらない。そもそも数が単独で生き物であるなんていうことは、計算機の上を走る生き物だなんていうことは、誰にも実感できることではありえない。

まあボスの考えているのだろうことは大体わかる。

素因数分解によるコードブレイク。そんなことは全くどうでもよろしい些事(さじ)にすぎない。そこに、モンスターを直視している娘がいる時に、何でわざわざ、無駄な仕事を押し付けなければならないのか。ゆえに、ボスは、少女の機械部分だけを使者代わりに召還した。そちらの方がありそうなこと。あるいは僕の買いかぶり。

僕は、少女に片手を差し出す。

十七は僕の手をじっと見つめて、それからおずおずと手を持ち上げる。

僕は整数と握手した最初の男ということになるのかなと少し考える。勿論、彼女は、彼は、彼女の想像する十七にすぎず、そんなものが本当のところあるのかどうだか全く不明な、十七そのものなどではありはしない。それでも僕は少なくとも、計算機と握手をした史上二番目の男ということにはなるのじゃないかと思う。ちなみに、人間に抱き締められた最初のコンピュータの名前は、セントラル・コンピュータ（C.C.）と言う。

「七十点かな」

十七が言う。

七十点。まあ多分、僕にしては充分頑張れたというところだろう。

因数分解なんてものに拘（こだわ）る謎の組織のエージェントやその上司よりは遥かにましで、ボスには未だ追いつかず、当然無論、少女の見ている物の影の尻尾（しっぽ）さえ僕には全然捉えられない。

「そろそろ戻ろうか」

少女が大きく足を振り、ベンチから勢いをつけて立ち上がる。

「彼女はまだ、ここから先に進もうとするだろうから」

十七が、硬く唇（くちびる）を噛（か）むのを僕は眺める。

「せいぜい追いつけるように頑張るよ」

少女は、小さく首を傾（かし）げる。

そんなに期待はしていないからと、口へは出さずに僕へと告げる。

六

私は、十九と並んで塔の立ち並ぶ街を眺める。

「そっちに行くんだ」

と十九は言う。人の側には行かないんだ、と声に出さずに十九は問う。そっちはないよと、彼は叫びたい。十七の帰りを待てば、と言う十九の言に、私は黙って首を横に振る。片手を伸ばし、目の前に翳す。そこに私の手があるのを私は見る。六本の指を備えた、小さな手。それがいわゆる指ではないことを、私は多分自分で知っていると考えるより正確に諒解している。

「これは手じゃないわけじゃない」

私は言い、十九が躊躇いがちに頷きを返す。

「あとのことは十七に任せていいと思うんだ」

十九はそう言う私に背を向けて、まるで歩みを進めるかのように、街へと向けて歩を進める。その向こうに街があるかのように幻の街へと向けて足を踏み出す。両手をポケットに突っ込み、足下を勢いをつけ蹴り上げる。

「まあ、待っていることにするけど」

子供のように、誰かへ向けて呟いている。ポケットが、拳の形に盛り上がる。そのままポケットから手を引き抜こうと試みて、出口で止まり、手を開いてやり直す。勢い良く両手を広げ、私に向けて向き直る。

「もしも」

と叫ぶ。

「もしも、その先に何もなかったら」

ほとんど泣き出しかねない勢いで十九は叫ぶ。興奮気味に手を振り回し、ぺたぺたと歩いて私につめより、下から見上げる。

「何かはあるよ」

勿論、この文章が何も言っていないことを私は知っている。それは当然、いつでも何かはそこにあるに決まっている。問題はそれをどのように捉え、捕まえ、引き回すのか。私の視線の先で手のひらが透け、もう一度見直し不透過となる。

「何もなかったら」

十九が食い下がる。もしも私がこの先で何も見出すことができなかったら。

「僕らだってこの形を保っていられるかどうかは保証できない」

私は自分の感覚に翻弄(ほんろう)されて、こうして自身を再構成し直している。数を、私が本来知っているはずの人々のように構成している。私が人を知るがゆえに、数たちはこうして人型をしており、わたしが数をどうしようもなく数と認識してしまうが為に存在の基盤を支えられている。

「折角(せっかく)、十七を経由してお母さんにも会えたのに」

涙目で十九が訴える。

そうだね、と私は静かに頷いている。もしも私がこの先に進み、数の通用しないところへ溶け込んでしまった時に、十七や十九はどうなるだろう。勿論それは、私の知りうる事柄に属していない。私が数に関する認識を失うことで、あちら側で私の交渉役を担っている十七は消えてしまうかもわからない。それは充分にありうることだ。十七は私がどう考えるかによらずに十七のままではいるだろうけど、今活動している十七は、私が認識しているところの十七の性質の記述の網目でもある。私の認識が変化することで、十七もまたその影響を逃れられない。数自体を変化させること。塔をざわめく虫たちへと分解すること。それが、今の私が企むことだ。

十七を通じてもたらされた一つの知識。この街の名前。十七の性質。この外側にあるのかも知れないもの。もしかすると私自身の生まれ故郷。十七がただ一つの数字でありながら計算機として構成され、私として認識されうること。

帰結はあまりに明白だ。

一つ一つの数字が、計算機としての性質を持ち、相互に作用する網目。あるいは酵素。一に二が襲いかかり、三として機能しはじめるように。アロステリック蛋白質。分子に分子が接合することによって配位が変わり、新たな、見知らぬ機能を発現させる。

一つ一つの数の形をした計算機にして酵素の網目。十七が機械であるなら、私の中の他の無数の数もまたそれぞれの機能を持った機械として構成されうる。

そう、私はモンスターを呑み込み、消化しようと考えている。そこに私をつけ加えることにより。

八十恒河沙八千十七極四千二百四十七載九千四百五十一正二千八百七十五澗八千八百六十四溝五千九百九十穣四千九百六十一秭七千百七垓五千七百京五千七百五十四兆三千六百八十億基の塔を一息に、別のものへ置き換えようと考えている。その先に繋がり伸びる細い道。頂点作用素代数の、更に向こう。既知宇宙最大の複雑さの果ての向こう側。月光に照らされる橋を渡った、弦理論の深奥にかかるカーテンのあちら側。宇宙の始点。

これをただの視点の変化と考えることは愚かしい。計算機をいくら積み重ねてみても、ただの計算機でしかないことは言うまでもない。無限個の整数と無限個の整数を足すことでは、無限個を超えることは叶わない。その無限足すその無限は、やっぱりその無限のままに留まるから。

ただし私は、計算機ではありえない。

たとえば私は、膨大な素因数分解を既知、未知のアルゴリズムによらず、直観でこなす能力を生得している。そんな作業は児戯に等しい。それが、私がただの計算機には留まらないことの、一つの傍証。私は、それがアルゴリズムではないことを知っている。もしかして私が感情や気持ちを持っていることを示す、何かの傍証。

私は恐らく、数を失うだろう。

改めて考えてみれば、その結末は、それほど恐ろしいことでありはしない。数で行うことのできるものは、計算機にも実装できる。私が計算機にはできないことを実行していると感じる以上、そこには蠢く何物かがあり、まだ何かが残されている。それとも取り残されているのが、この私だ。私の手と一見見えるこの幻の皮膚の下には、それらの秩序が渾沌をなし轟々と音を立てて流れている。私が、これまでもただ平常に行ってきたこと。

私はそれをただ、自分の言葉で語り直そうとするにすぎない。そうして語り直すことで、私はこの奇妙な能力を失うことになるかも知れない。それはそれで幸いだ。不幸を感じる器官を持たない生き物が、不幸を感じることはありえないから。それは一つの至福の形だ。至福に落ち込み千年を過ごすことが運命ならば、抵抗のしようは存在しない。抵抗しようのないものこそが運命だからだ。何かを引き換えにしなければ手に入れることができないもの。私はできうる限りの抵抗を試みたい。

新たな何か、相互に食いつき絡み合い、消化して分解し、混じり合い結びつく、数を用いた反応代謝ネットワーク。

私はその流れを見に行くつもりだ。

その流れを見る物として、私を構成し直すつもりだ。

泡として浮かび、流れそのものを変える泡として。

その先には、口に出すのが恐ろしい言葉が一つある。私はそれを、本当に手に入れることができるだろうか。

私は十九の手を引き寄せ、掻き抱く。私の胸に顔を埋めて、十九が啜り泣きはじめる。私にそんなことを試みる権利はあるだろうか。こうして、ただの機械でありながら、感情を露に別れを惜しみ、自身の消滅の予感に怯える数を目の前にして。

「君以外の誰にも」

十九が言う。そこから続く後の言葉は、しゃくりあげる喉の奥へと飲み込まれる。私以外の誰にも、これを試みることは叶わない。理由はそれで充分だろう。

もしかしてこの先にあるかも知れないもの。私は十九の背中を抱き締めながら、眼前に広がる塔の街を眺めている。

生命。

「ちゃんと戻って来るよ」

私は自分と十九へ向けて言い聞かせる。二人ともそんなことを全く信じていないと知っているのに、宣言する。どこで誰が保証しているのか誰も知ることのない同一性。構成要素が流入し、形式を満たし、爪をたてて痕跡を残し、流れ去る。幹にしがみついたまま風化するに任された、蟬の抜け殻。綻び結ぶ、無数の泡。

「その時には、あなたたちもきっと」

私は十九のつむじに鼻を埋める。私にとって確固であり、今ここにあるとしか思えぬ一つの個体。それはただの、私がそう感じているだけの、物であるのに。ちゃんと戻って来て、と十九が鼻声で言う。

「私も」

私の前には、真白く微細に泡立つ空間。ここに既に宇宙があるせいで、新たに生まれ出ることのできない、別の宇宙たちの極小の泡。まだそこに、数は姿を見せていない。

「自分が生きているのだと、信じることができるはず」

腕の中に残る十九の感触を支えに、私は街へと一歩を踏み出す。爪先から波紋が広がり、同心円状に広がる波が、接触した塔を粉微塵に砕いて進み、幽霊じみた塔の気配だけを残留させる。

立ちはだかり行く手を塞ぐ透明な塔をすり抜けるたび、薄い硝子のように塔は崩れる。再生は最早、侵蝕をはじめ解き放たれ、幾何級数的に拡大をはじめた私という酵素の前に無力化される。私の中での数の崩壊。数の中での私の崩壊。坩堝の中で溶かされるのは、坩堝であるのは、数か私か。私が向こう側へ辿り着いて冷え切ったのちに析出するのは、そこに既に用意されているかも知れないものは、数か、私か。

あるいはもしかしてそんなことは遂に決してありえないことだと心の底から認めた上で、数と、私。
月光に照らされ乱反射して降り注ぐ不可視の破片の雨の中、私は橋を渡りはじめる。

遍歴

1

部屋には椅子と机が並び、天井に規則的に埋めこまれた電球が寒色の光を投げている。正方形のフロアタイルが整然とつくる方眼も、幾何学的な印象を強くしていた。入り口を備える一面はガラス張りになっており、外には幅広の通路が見える。通行人の姿は多くない。壁面には黒地に白線で書かれた数式が複数飾られている。計算のためのものではなく、見る人が見れば名を知っている数式であり、その展覧といったところだ。ネイピア数の肩にやたらと分数が乗った形のものが多く見られる。

入り口を入ってすぐにカウンターとレジ。その傍らに軽食を並べたガラスケース。顔を上げたところにメニュー。コーヒー、紅茶、ジュースを各サイズ。アルコールの提供はない。注文をすると飲み物はその場で、軽食はカウンターを先へ進んで、吊り下げられた照明の下の台のところで受け取るようにと言われる。温かい飲み物はマグで、冷たい飲み物はグラスで、木製のトレイに載せて提供される。砂糖やガムシロップ、マドラーやストロー、紙ナプキンは専用の台から自分で選ぶ形式である。用のすんだ食器類は自分で下膳口まで持っていく。

机は中央を少しずらしたところに、奥へと伸びる長机がひとつ。壁際に長椅子を連ねた前へ等間隔に円形の小卓を配し、それぞれに椅子をひとつ加える。残りの空間には四角い小卓。どれも向かい合わせに椅子二脚が伴う。椅子は規格化された二種類だが、その気になって観察しなければほとんど同じものにうつる。一方には座面にクッションがあり、他方は磨かれニスを塗られた木材そのままである。

リサイクルへの配慮が各所にうかがわれるが、プラスチックの使用を完全に排するほどのものでもない。メニューや、軽食の包装に見えるオーガニックやフェアトレードの表示も控えめで、コストとの兼ね合いが図られていることは明らかだ。

歌詞を伴わない旋律がゆるやかに、ごく小さな音量で流れている。

カップへも皿へも、「$kT \log 2$」という文字列を意匠化したマークが記されている。

室内の人々の顔つきは雑多で老若男女を問わないが、就学児童の姿は見えない。乳幼児はいる。格好にも統一感は見当たらず、スーツ姿でラップトップを叩く男の横に、Tシャツとジーンズ姿で本を読む長髪の人物の姿がある。みな一定の距離を保って、室内に偏り少なく座っている。

ごく当たり前の喫茶店の光景といってよいのだが、実際にその場に立つと不思議な緊張感がある。注文や復唱の声、マグのぶつかりあう音や、グラスが机に当たって立てる鈍い音、キーボードを叩く音に携帯電話の振動音、子供の泣き声などは聞こえるが、この部屋には基本的に会話がないのだ。

禁じられているわけではない。実際、向かい合って座った二人の一方が何事かを言い、他方が短く応えて席を立つ、という光景は見られる。黙したままの二人が何をするかもそれぞれである。

全く別のことをしている場合もあれば、伸ばした手を握り合ってじっとしているということもある。人々の表情に監視をうかがわせるものはない。一様におだやかな笑みを浮かべているが、同時に静かな悲しみに浸されているようにも見える。ずっと観察していれば、ときに人々の唇（くちびる）の端へひきつれが走るのが見える。

　共通の挨拶や身振り、秘密の合図のようなものは存在しない。プライバシーは尊重されるが、過度の強調は無駄だと考えられている。

　初期には瞑想室と呼ばれていたが、文字どおりに瞑想をするらしい人の姿は稀（まれ）だ。腕を組んだままの姿勢で、頭を下げて船を漕ぐ老人たちの姿はみえる。

　届出上はごく一般的な喫茶店であり、経営も喫茶店として成立している。一般の者が入っても咎（とが）められることはなく、実際、利用者の二割程度は近隣の一般住人である。商業地からは離れているが山中の施設というほどでもない。住宅用の区画を複数、連絡橋でつなげて利用している形であり、ベッドタウンの真ん中へ、大都市のミニチュアを浮かべたような形である。情報誌などの取材は遠慮しているが、写真撮影を禁じたりはしていない。交通の便がよいとはいえないから広めの駐車場を備えている。

　喫茶教、と揶揄されることもある。

2

山口浩一の人生は、おおむね平穏なものとしてすぎた。地方都市の中産階級の次男として生まれ、父母と歳の離れた姉一人、兄一人とともに育った。母方の祖父母は山口の家から自転車で二十分ほどのところに暮らしていたが、父方の実家は遠く離れており、祖母は早くに亡くなったときかされた。たとえ山口が祖母の早逝に疑問を抱いたところで、真偽を確かめることはこの山口には不可能だったが、山口は可能不可能とは関係なく、そうした事実関係に疑問を抱かなかった。実際、この祖母は早逝したということもなく、単に山口が遅くに生まれた子供だったため、寿命に達し終えていただけにすぎない。

山口の出生時、父親はすでに五十代、母親は四十代に足を踏み入れていたから、これは当然、人生における不安材料とはなった。山口が成人する頃には父親は七十代を迎えている計算であり、目前の未来社会における平均寿命がどう変化するかは不明だったが、早めの独り立ちや、平穏な兄弟関係の構築、保持が山口の人生設計を助けることになるのは明らかだった。

小中学校を地元の公立校へ通った山口は、多少の無理はなんとかしようという親や兄姉のすすめを断り、地元の公立高校を選択し、そのまま地元の大学へ入学した。前年に相次いで亡くなった母方の祖父母の家がちょうど宙に浮いた形になっており、山口はその管理を申し出た。兄と姉はとうに家を出てそれぞれの家庭を築いていたから、この提案は歓迎された。その家は山口の通う大学への便がよく、家族は当然、山口がそこへ住むものだと考えたのだが、山口は両親の助けを借りつつその家を賃貸に出す手続きをして、自分は大学からやや離れてはいるものの徒歩圏内のワンルームでの新生活を開始した。家賃収入の大半は実家に入れ、管理費としてワンルームの家賃分だけを受け取る形とした。

　大学を卒業した年に、父親が心筋梗塞(こうそく)によって亡くなる。山口手持ちの貯金通帳には五百万円が貯まっていた。遅まきながら家族が会し、やりくりの計算をしてみたところ、母親は少なくともあと十五年ほど、当人の体が動く限りにおいて、子供たちの助けを借りずにこのままの生活を続けられるだろうという結論となった。認知症が現れたり、長期療養を必要とする病(やまい)を得たり、骨折等によって動けなくなったりした場合には、子供たちが力を合わせる必要が生じることは確実であり、なんらかの施設への入所も先回りに考えておくべき頃合いだったが、母親当人はひどく楽観的に構えており、施設などはとんでもないことである、自分はまだまだお父さんと暮らしてきたこの家で一人でやっていける、お前たちに面倒をかけるつもりはない、と宣言した。子供たちの目にその姿はやや、過去に囚われ現実生活のリズムを踏み外しかけ、老人性の癇性(かんしょう)を帯びたものに映った。

　大学卒業と同時に就職した家具メーカーの同僚と、山口が結婚することになるのは三十歳を迎える直前のことだった。ついては賃貸に出していた祖父母の家をリフォームし直し、新たな家庭を築くことにした。母親はまだ実家で存命しており、実際に自分が所帯をもってみると、嫁姑(よめしゅうとめ)の関係として、物理的なこの距離は絶妙のものと思われた。老人がわざわざ腰をあげるには少々遠いが、こちらから出向く分にはどうにでもなる距離だった。妻は遠い街の生まれで、すでに多くの孫に囲まれたその両親にとって、三女である山口の妻に対する興味はほとんどなくなっていた。
結婚から五年目に長男誕生。妻は産休をとったまま退職する形となった。当人にも仕事を続けるつもりはあり、保育園等の地域としてのケア態勢も整ってはいたものの、やはり夫婦二人きりで子供を育てることは難しかった。赤ん坊が発熱すれば、保育施設は親に引き取りを求めることになるわけで、子供がいつ病気になるかなど予想できるはずもなく、手元にいればつきっきりで面倒をみる以外のことはできない。

山口の実家の母親はこの頃軽い認知症を現しはじめ、たまに姿をみせる山口に、なにかときつく当たるようになりはじめる。玄関に脱ぎ捨てた靴に汚れがついていたとか、過去の山口の発言だとか、理由はなんでもよいようだった。嫌味を言い、急に怒り出し、また同じ嫌味を繰り返し、ふと我に返ると山口を強く睨(にら)みつけながら謝罪の言葉を口にすることもあるのだが、その目の奥にいる者が過去からつながる同一の母親であるのかどうか、山口にはよくわからなかった。

次男の前ではそんな調子の母親なのだが、山口の妻の前ではそれまでと変わらぬ陽気な振る舞いをみせ、これは別段、気を使ってのことではないようだった。山口から話をきいてやってきた長男、長女に対しても母はかつてと同じ調子で接した。山口にとって幸いなことに、姉はこの種の症状をよく知っていた。姉自身が、自分の夫の親に同じような症状をみてきたからだ。親しい者の前では人格の荒廃のようなものをみせながら、それ以外の者に対しては以前と変わらず振る舞い続けるケースは珍しくないのだという。

あまり慰めにはならないだろうが、と姉は前置きをして、お母さんはそれだけお前を親しく思っているのだ、とのことだったが、姉の発言どおりにあまり慰めとはならなかった。

この時期の山口を苦しめたのは、育児と仕事上の責任、そうして母親の扱いだったが、それらを超えて自身の健康の問題が重大だった。特になにか大きな病をするというわけではなかったが、春は花粉症、夏は頻繁に熱中症に見舞われるようになった。立て続けに風邪をひき、子供の頃に経験済みの病気にまたかかったりもした。この年齢になると、幼児期に獲得した免疫を失うことがあるのだそうで、成長の果て、かつて経験した病気を繰り返すのはとてもよくあることらしかった。とてもよくあることだと知ったが、とてもよくあることをそれまで知らずにいた理由はわからなかった。子供が保育園や幼稚園からもらってくる細菌やウイルスは山口家の十のマイナス何乗かのスケールにおける生態系をかき乱し、山口はまるで自分が全く別の生態系の支配する大陸へ放り出された探検隊の一員のように思えた。絶え間のない風邪と、名もなきウイルスたちの攻勢は山口の活力と仕事時間、それに当然自由時間も削り続けて、山口の人生において最も苦しみの多かったのはこの時期だったとされることになる。

長男が小学校に上がる頃、山口の母親が亡くなる。買い物にでた帰り道に転倒し、右脚が動かなくなってからめっきり気弱となり、施設への入居を受け入れた。顔見せに行く間隔が数日から数週間、一月（ひとつき）、と延びていくうちに、母親は突然肺炎をこじらせて亡くなった。ごくありふれた経過であるということだったが、肺炎による死がとても多いということが、山口にはとても奇妙に思えた。人類の怠慢というものではないかと憤（いきどお）ったが、そう遠くない未来、いざ自分にも肺炎の形をした死が迫ってみると、なるほどこれはただ肺炎と呼ばれる症状ではなく、押し寄せる波の一つがたまたま肺炎と呼ばれるものだったのだとわかった。人間とはこうして死んでいくものらしい。人は一度の病気で死ぬというよりは、徐々に闘病の期間が長くなっていって死ぬものなのだと感じた。何かを治すことはできるのだが、何かを治し続けることはできない。いや、治すことができるのではなく、先送りすることができるだけなのだと思った。頻度を増していく病気の訪問を押しのけることができなくなったところが死なのだと山口は思い、しかしこう思っている間はまだ死んではいないのだろうと、激しい咳に悩まされつつ、うんざりする気持ちにもなった。

なるほど、死後だけではなく、死の手前側にも自分では手の届かない領域があるのだなと考えてみて、山口は少し不思議な気持ちになった。自分にとっては死と特にかわりはないのに、外側からは生と認定される領域がそこにはあるのだ。母親の晩年を思い出し、彼女の中にいたのは誰だったのだろうとまた考えた。

とりたてて哲学的な事柄に興味を抱く性質ではなかった山口は、死の数時間前になってはじめて、そんな思索にふけることを自分に許した。成人を迎えたばかりの息子と妻を残して死ぬことは勿論心残りだったのだが、まだ自分は死なないのではないかという気持ちも一応、持ち続けていた。それと同時に、おそらく自分は死ぬのだろうとも考えており、そう悪くない死に方なのではないかとも思った。あまりよくはないが悪くもない。

山口はつい、いやな死に方について考えてしまう性格である。川で溺れるといったものや、地面に掘った穴に埋められるといったものを。椅子に縛りつけられたまま、少しずつ肉を削がれていくなどというのは嫌だし、四肢をそれぞれ馬車に繋がれたりするのもいやだった。陽がささず出入り口のない部屋に塗り込められるのはぞっとしないし、腹をすかせてあてもなく荒野をさまようこともいやだった。見知らぬ者に殴り殺されるのも、言葉の通じない集団に、理由を告げられぬまま撃ち殺されるのも嫌だった。

　山口は自分が世界史的に見て驚異的なまでに事故死率の低い時代と地域に生まれたことや、戦争を直接経験せずにすんだこと、純然たる悪意に対面せずに暮らせたことに感謝していたし、平穏な生活を送れるようにと日々の祈りを欠かさなかった。祈りを捧げる対象が何なのかはよくわからなかったが、この世には何かそれに足る存在があるのだろうと意識せずに感じていた。

　そうしたものがあるのだろうと感じることができる幸せを山口は思い、苦しみ悶えながら身を世を呪って死んでいったが、それでももっとひどい痛みを感じている人々が世界中にはたくさんいるのだということは理解していた。しかし、それが自分とどんな関係があるのかはもはやわからなかった。自分にとっての極限の苦しみが、他人における極限の苦しみに及ばなかったからといって、自分の苦しみが減ずることはないわけだし、痛みや苦しみは果たして、比較することができるかどうかもわからないところがあって、過去の痛みと現在の痛みのどちらが痛いのだろうかと山口の思考は混乱し、そのあたりで山口の思考らしい思考は途絶え、あとはただ叫びだけが、もはや山口ではなくなった誰かの頭蓋骨の中に響き続けた。

3

　オープンソース教団とは、教義や戒律、規律の共同編集を行う信仰形態を呼ぶ。

　最初期の形態としては、綱領を公開し、それに賛同した者が寄付を行い、定期的に発行されるメールマガジンを受け取りながら、交流や議論、バーベキューパーティーを行うといったものがみられた。

基本的に教義に関する全ての情報を公開し、秘儀を設けることはしない。

小さな団体が立ち上がっては分裂し、攻伐を繰り返す状態が長く続いたあとでようやく、統合宗派ライセンスと呼ばれるオープン規格が立ち上がり、隆盛を迎えることをえた。以降、「オープンソース教団」よりも、「ライセンス型信仰集団」の名で知られていくことになる。

統合宗派ライセンスとは要するに、教義や戒律をひたすらに収集し、構造化を施したものである。たとえば肉食に関してならば、哺乳類の肉の忌避から動物性プランクトンを摂食する是非までで百以上の細目に分かれ、好みのものを選択することができるようになっている。既存の項目に気に入ったものがない場合、自ら申請して選択肢を増やせばよい。

ライセンス全体には当然、相互に矛盾する複数の規約、規則が含まれる。世界は唯一の設計者によってつくられたとする派、いや複数の設計者がいたとする派、海から生まれた、土から生まれた、巨人から生まれた、無から生まれたとする派、そうした内容を議論することを禁じる派、それら全てを認める派などの間には、並立できない考え方が存在しうるからであり、火を避ける信仰において火を利用した祭儀を採用することは穏当ではない。

個々人の好みによるオーダーメイドの信仰規定を提供することを目指した統合宗派ライセンスは、それら各項目を構造化して、相互の矛盾をチェックする支援機能とセットになっている。矛盾は強い矛盾から弱い矛盾まで数段階設定されており、その気になればあらたな矛盾の形態を登録することも許されている。ことが信仰であるからには、教義の内部に矛盾があること自体は許容されるが、宗派を横断的に眺めた場合に、矛盾の多寡というものはある。

　膨大な数に上る項目の依存関係を全て細かく検討した上で教義を調整していくのは、法律家か宗教家でなければ困難だから、手軽なパッケージも多く用意されており、ライセンスから取捨選択した内容を手短に解説する説教師がそのまま教祖となった例も多く見られた。

　ライセンスからどの条項を選択したかによって、一意的なナンバリングが施される仕組みになっているが、便宜上、オープンソース型信仰集団は宗派の名前と数個の数字からなる番号で呼ばれることがほとんどである。エルゴード教団1.0とエルゴード教団2.0は、エルゴード教団なる信仰集団に大きな分裂が起こったことを示しており、エルゴード教団2.1とエルゴード教団2.2は細かな規則に対する食い違いが生じたのだろうことを示唆する。

　ライセンス型信仰集団においては、マスコットやシンボルマークによる信仰告白が一般的であり、その教義を信奉する者たちの定めたマスコットが教団のマークとして利用され、ピンバッヂやシール、ワッペン、Tシャツなどに利用されるわけである。エルゴード教団では、「$kT \log 2$」の文字列が採用された。

　当初は信仰色が強く打ち出されたが、賛同者が増えるにつれ、生活習慣やエチケット、マナー集として利用されることも増えていき、「統合宗派ライセンス」は、「宗派」を除いた「統合ライセンス」へと拡張されて「統合宗派ライセンス」をその一部として包含するにいたる。ライセンスの条項の中には、食事のマナーやゴミ処理の仕方、挨拶や公共の場での振る舞い方がすでにリスト化されており、これは新規の入植者との意見交換に便利だった。ひとくちに地域コミュニティへの新参者や移民といっても、その背後にどんな習慣が存在するのか、一口に言い表すことは難しく、ことがそれぞれにとっての常識ともなればなおさらである。ライセンスには急速に生活に関する規定がつけ加えられ、教団としてのマスコットが、移民受け入れのパンフレットに利用されたりする機会が増加した。

配偶者の呼び方や、理想とする議決方針、時間効率の配分方法などについてライセンスは定めることができ、議論の土台を用意した。

4

いつものごとく、目覚めに肉体的な不快は伴わなかった。

覚醒前にどんな人生を送ろうと、目に見える傷が残るわけではない。ただ記憶だけが蓄積していく。これまでも同じようにして、覚えていることさえできないほどの人生を繰り返してきた。それだけの記憶をこの自分なるものが保持できていることが不思議でならない。複数の人間の人生という膨大な体験を積み重ねることができるということ自体が驚きだが、そうした情報量を前にしていまだ自分が自分でい続けられていることが驚異である。もはや、個体としてものを考える必要はないように思えるし、いちいち毎回、個体としての死を経たあとで、また個体として覚醒する意味もわからなかった。

これまでに、老若男女あらゆるものを経験してきた。具体的には、〇歳から百歳まで、その年齢で終わりを迎える人生をそれぞれ何度も経験していたし、思いつく限りの職業についてきた。

おそらく、人間ではないものの生活も経験してきているのだろうと思うが、その種の記憶は持ち合わせせない。理由については議論があるが、人間は人間というフォーマットで記された情報しか読み出せないからではないかとするのが一般的だ。他の種の生き物であったときの記憶は、呼び出したところでノイズか、せいぜい脈絡のない夢としか理解できないのではないかといわれる。

ここでの目覚めは同時に、一人の人間の人生が終わりを迎えたことを意味する。今は、山口浩一と呼ばれる男の生が再生され終わったところである。直接的な不快感は伴わないが、その死が不快な出来事であったという記憶の方ははっきりしていて、どれほど繰り返してみたところで、死に、ここでは覚醒に慣れることはできない。誰かの生を経験し、そしてまた誰かの生を経験し直す。山口の生は、こう言うことが許されるなら、人類史の中ではひどくおだやかな、ありふれた死の一つだった。

他人の生を経験し続ける者たちは皆、何度と言わず、数え切れないほどの陰惨な死に見舞われたことがあり、非道な殺され方をしたことがある。そうしたものに比べるのなら、山口の生はごく平凡な死といえた。特異的におだやかな時代の中での一典型例とでもいうべきものだった。

他人の人生より目覚め、自分の生を暮らし、そしてまたある時に、他人の人生を最初から最後まで、その人物として体験する。そうした暮らしがひたすらに続く。他人の人生は、数日続けてやってくることもあれば、何年も訪れないままで、ようやく他人の人生から解放されたと思ったところでひょっこりやってくることも起こった。覚醒後にも、他人の人生を忘れることは叶わない。しかし、他人の人生を生きる間は、本来の自分の記憶にはアクセスできず、ただ一人の人間として暮らすことになる。

この現象は、演劇で誰かの役になりきることに似ている。本当にその役になりきっている間は、その役が知るはずのない知識へのアクセスが制限される。上演が終わったところで、役者としての記憶全てへのアクセス権が回復される。ひたすらにその繰り返しである。ただし他人の人生は、劇の中の役割ではなくて、ふりでもない。殴られたふり、刺されたふり、死んだふりではなくて、そこで起こるのは、実際の殴打であり刺突(しとつ)であり、死の訪れなのであり、そのいちいちが自分のものとして知覚される。

自分の体験として感じられるが、本当に自分の体験なのかと改めて問いかけられるとよくわからない。自分の体験にせよ他人の体験にせよ、生々しいのはそれを経験している間だけのことで、時間が経てば等しく記憶と化してしまう。経験の質としては、過去の自分の経験と、過去の他人の体験の間の区別はつかない。

他人の人生はただ経験されるだけであり、演技に似たところはあっても、シナリオを変更することはできずアドリブを発揮する余地はない。人間には自由意志を変更する自由意志が備わらないからなのだとされる。

教団により根気よく続けられている研究によれば、歴史はかなり堅固なものであるようだ。教団の構成員には、他人の人生をひたすら経験し続け、その間の記憶を保持している者が多くある。複数の人間が何度も人生を送っていくと、その場の当人たちは与(あずか)り知らないことながら、教団員同士が誰かの人生において同じ場面に立ち会うことが稀に起こる。あるいは、同一の教団員が複数の人生において同じ出来事を、別の人生を通じて経験することが起こる。百万回生き返る猫は、同時代に自分の生まれ変わりと遭遇しうるのと事情は同じだ。

人間の記憶は都合のよい嘘に塗り固められている。自己評価はいつも高めで、責任を他人に負わせがちとなるのはしかたがない。記憶の中では、発言内容はおろか発言者さえ簡単に捏造されるし、時間順序も入れ替わる。何か重大な出来事が起こったときに何をしていたかという問いに関する統計調査は、人間が自ら作り出したファンタジーの中に暮らしていることをはっきりさせる。

それでもなお、というのが教団の達した結論であり、どうやら客観的な世界は実際に存在しているらしい。巨大な事故が起こったとき、自然災害に見舞われたとき、誰がどこで何をしていてどう感じたかは記憶によって大きく歪められてしまうが、それらの事故や災害が起こったこと自体は高い精度で一致が見られる。大事件ほど歴史の上では確固としており、あるいは歴史上確固としているものが大事件とされる。

ごく当たり前に考えるなら、客観的な世界が存在するかどうかなどということは、改めて考えるまでもないことかもしれないのだが、多くの信仰集団においては真面目な議題とされており、複数の視点から同一とみなすことのできる確固とした現実が本当に存在するかどうかは、信仰を分類する際の一つの基準として有効である。統計的にも、自然科学的観点からの世界観を根底に置く信仰集団はそう多くない。こと信仰を考えるとき、世界が分子や原子とそれらの間の相互作用からできているとすることと、世界は意識からできていると考えることのどちらが人の心に馴染みやすいかはわからない。

5

かつて急速に勢力を増したエルゴード教団1.1.12はそんなライセンス型信仰集団の一つであり、教義は比較的穏健だった。

約束や時間を守ることを重視し、対話の必要性を説く。勤勉が奨励されるが、勤労よりも自らの知識や能力の増加の方が優先度は高いとする。掃除洗濯も推奨されるが、潔癖さを要求するところまではいかず、他人へ与える不快感の低減が眼目とされる。

ライセンス型信仰集団形成初期において、最も衝突の激しかったのが、これら日常生活における常識を定める条項である。誰しも自分の生活様式が標準的なものだと考え、自分は可能なかぎり公平であると考える。外側からみた差別主義者が自分を公正な人物と信じているということはありふれており、言動に差別的なものが含まれているという指摘に対して、胸を張って堂々と反論し、差別表現を上塗りしたりする。「自分は差別と、エルゴード教団が嫌いだ」。自分は時間を守っていると信じている人間が実際には全く時間を守っていないなどということもよくある。その人物においては「自分は時間を厳しく守るが、今回はたまたま運が悪かっただけ」ということになっていたりする。人は膨大な時間投資を行って、言い訳によって自分の正当性を守る能力を伸ばしてきた。約束を守る相手にしても、無意識的に限定されている場合が多い。血縁、縁戚関係以外の者に対して約束を守る必要はないとする文化は意外に大きな広がりをみせ、あるいは同じ言葉を喋らない場合、同じ信仰を持たない場合は、履行の優先度が落ちたりもする。地理的に離れた場所に暮らす相手との約束は遅延させても構わないと考えられることは多く、目の前にいない相手のことはすぐに忘れてしまったりする。

統合ライセンスは、文化・宗教的なコードを記述するために整備されてきたものだが、無意識的な文化規約はコードとして定着させることが難しかった。遅刻をするな、という規則を設けたとして、なにをどうしたときにその規則を守ったことになるのかという基準も同時に必要なのだということが、やがて理解されはじめる。

遅刻をしないということは、決まった時間に決まった場所に現れることであり、例外はない。例外はない、の部分の徹底が、文化・宗教的なコードにおいては重要である。言い訳を許した途端に、自由な解釈と自己正当化が繁殖していく。

ライセンス策定初期において人々を悩ませたのは、人間の行う言い訳は、論理とも議論ともまた違った進み方をするもので、土台や前提を無効化しながら野放図に展開していくものだということだった。ある条項の解釈について諍いが生じた場合、議論の場へと不意に日常会話が交じってきたり、個人の来歴が登場したり、年長であることや経験者であることからくる押しつけが現れたりした。泣き落としが行われ、怪文書が飛び交い、支離滅裂な言動に走る者が登場し、機械的に同一の主張を投稿し続ける行為に出ることがあり、全てを肉体関係に落とし込もうとする者が見られた。

そうした経験をもとに改定に改定が繰り返されるにつれてライセンス全体は無味乾燥の度合いを高め、客観的な基準を積み上げていく形となった。こうした傾向が文化的な深みをスポイルするという論者は多かったが、利便性が全てを凌駕(りょうが)し、ライセンスの制定を有効なものと認めないという条項はライセンスから削除された。

生活様式の根幹にかかわる設定がおおむね終わると、そこからの流れは速やかだった。問題の多くは互いの主義主張を受け入れられるかどうかよりも、議論の前提を共有することだったからである。政治的な内容は、生活上の慣習よりも議論も妥協もやりやすい。

エルゴード教団も、教団としての政治的主張を持つが、他の教団に比べて突出するところは見られない。たとえば、

・男女平等については、ほぼ全面的に受け入れるが、配偶者の呼称について「妻」、「夫」の使用は認める。育児において性別による「ちゃん」、「くん」という呼び分けを認め、男児女児それぞれがぬいぐるみや人形、ミニカーや鉄道模型、カラーチャートの各色に対して均等な時間接するべしという方針は設けない。

・選択的夫婦別姓に賛成する。

・母体の意思による中絶を認める。

・同性婚に反対しない。

・移民の流入、また自国民の流出について不可避であると考える。受け入れには、統合生活ライセンス平成日本型14.3.5が共有されることが望ましいと考える。これは統合ライセンスから、政治的、宗教的条項を除いて、生活上の様式や公共の場での原則的な振る舞いを規定するライセンスである。

といった項目が目立つ程度である。

過度の飲酒は推奨されず、定期的な健康診断を受けることが望ましいとする程度で、健康面に関してはあってもなくても変わらないような方針を採るが、麻薬に関しては医療用のものを除いて禁止とする。

傷害、殺人等の禁止をほとんどの教団と同じく採用するが、死刑廃止に関する条項には、見解を持たない、にチェックが入っている。姦淫に関するものは、「一夫一婦制を採る」、「重婚を禁ずる」、「法の定める年齢までは性交を認めない」、にチェックが見られるくらいである。自慰や獣姦に関する禁止事項はないが、鶏姦を性行為と認定する。

信仰集団らしい特徴としては、ボランティアの推奨が挙げられる。ただし、義務とはされず、自発的なもの以外は意味がないとされている。肉親や縁戚との関係もボランティアの中に含まれているのが特徴である。親戚の世話をみるのは美徳とされるが、誰か他の人間の世話をみることもまた同程度に美徳とされる。ゴミ拾いから病院への送り迎えまで、ボランティアの種類は問わない。ボランティアと呼ぶよりも、他人にやさしくせよ、自分がしてほしいと思うことを他人にもせよ、断られたら手出しをするな、といった程度の標語に近い。

生誕や死亡を含め、特別な儀礼を持たないことも特徴である。特に葬儀は既存の宗教組織に従うことを正式な教義としている。誕生日や結婚式についての規定も持たない。

金銭的な寄付は強要せず、あくまでも自前の経済が成り立つことを前提とする。ギブアンドテイクを基本とし、それは教団と構成員の間でも変わらない。ついては会費、布施も設定されていない。基本的には、教団のマークがあるだけであり、特にそのマークがある店で買い物をせよという教義があるわけでもないが、マークがある種の品質保証のように扱われていることは確かである。

全体として、それまでの生活を大きく変えることなく、他人にはできるかぎり親切にせよ、身内にも同様にせよ、という互助会的なあり方が、エルゴード教団1.1.12の立ち位置であり、これだけを見ると、ほとんど信仰と呼ぶ必要さえ存在しない。

エルゴード教団を特徴づけるのは、そのささやかな世界観であり、これが信仰集団に強固なつながりをもたらしている。

6

山口から覚醒した人物のうちの一人を、ここでは便宜上、山一と呼ぶことにする。本来、こうして他人の人生を繰り返し生きる人々に名前をつけるのは困難なのだが、当座、他にやりようがない。

山一はこれまでとても多くの人間の生を生きてきた。

それがどういうことなのか、ずっと考え続けているがわからない。他人の人生を繰り返し経験する現象が、エルゴード教団と呼ばれる信仰集団の主張と一致していることは理解している。自分を見舞い続けているこの現象に、最も整合性の高い説明を与えるのはエルゴード教団の教義である。

若干話が入り組むのは、山一はエルゴード教団の構成員ではない点である。それは勿論、キリスト教徒が仏教徒の浄土で目を覚ましたり、ヒンドゥー教徒がキリスト教の最後の審判に出くわすこともあるかもしれないという理屈はわかる。わかるのだが釈然としない。自分が信じることのできない世界観の中に、証拠をみせつけられながら暮らすのはつらい。

エルゴード教団は、ライセンス型信仰集団の中で、生まれ変わりを認める一派である。人は無限に生まれ変わりを繰り返すとする意味では、仏教的、ヒンドゥー教的発想に分類される。生まれ変わりを認めた上で、生まれ変わりには時間順序は関係ないとする説を採用している。すなわち、人が死んだとしても、必ずしも未来方向へ生まれ変わることになるとは限らない。極端な例としては、子供が自分の親に生まれ変わることもありうる。

生まれ変わりは一般的に、様々な論理的矛盾を呼び込みがちであるのだが、エルゴード教団におけるその対策は簡潔である。生まれ変わりの際に、それ以前の生まれ変わりの記憶は引き継がれない。したがって、生まれ変わっている間は、自分は生まれ変わりであるという自覚もなければ証拠もないとするだけである。厄介なのは教団が、特定の人物に限っては生まれ変わりの記憶が引き継がれうるという立場を取らず、この間の断絶は絶対であるとしているところだ。

そうしてみると、日常生活を送る間に、生まれ変わりがあるのかないのか悩むのは、単に趣味的な思考実験ということになる。教義的に「生まれ変わりに関する情報は伝達されない」とされているのだからそうなる。

教義において、生まれ変わりが顕在化(けんざい)するのは、その死後においてとなる。一つの人生が死を迎えたところで、今度は、これまで経験した生まれ変わりの全てを記憶している人間が覚醒する。現在、山一が直面している状態と似たものだろうと思われる。

さてそれではこの自分の生きる世界が、エルゴード教団が想定している涅槃(ねはん)か浄土のようなところなのかというと、山一にはそうは思えないし、教団側も否定するはずである。教義の定義上、この世に生まれ変わりの記憶を持って生まれる者は存在しない。浄土宗徒はあくまで浄土を願うのであって、現世が浄土であると主張するわけではない。

そうしてさらに、山一が今まさに体験してきた人生、そのときは本当の自分の人生としか感じられなかった人生が、覚醒後のこの世界にはかつて存在したことがないという問題がある。こちらの方がより深刻だ。山一としては、自分が他人の人生を経験したのだと信じている。これは感じてしまったことだから、記憶としてはともかく、体験として疑いようはないのである。山一は覚醒後も、山口浩一という他人の名前を自分のもののように感じることができたし、その生年月日や住所や電話番号も思い出すことができたし、これまで経験してきた何万という人々の人生を同様に思い出すことができた。

しかし、それらの人々が本当にかつて存在したという証拠を探しても、見つかるものは何もない。新聞を調べ、図書館に通い、記憶している電話番号へ連絡をとってみても、そこにいるのは、あるいはいたことになっているのは、山一の知るところのない人々なのだ。それでも住所は実在することが多く、街の風景は記憶のとおりであることもある。しかし、食い違いもまた大きく、大きな街であったはずの場所が小さな集落になっていたり、川の流れが大きく変わっていることもある。山一の記憶の正確さは、おおよそ時代小説における正確さと大差なかった。それが自分の記憶のいい加減さによるものなのか、歴史のいい加減さによるものなのかはわからなかった。

　山一当人にとってはともかく、外側から観察する限り、山一はいささか過剰な設定を振り回す歴史物語作者となんら変わるところはないのであって、歴史書に書かれていない珍説奇説を見てきたように語りうる人物にすぎなかった。

　いつから他人の人生を経験するようになったのかを考えても、物心つく頃にはすでに時折、経験することがあったように思える。ただそれが、他人の人生なのだと思えるようになったのは、中学生か高校生の頃になってからだったような気がする。物の見方がわからなければ、物を見ることはできない。人生の見方がわからなければ、それはただの悪夢でありうる。特にそれが他人の人生である場合には。他人の人生、他人にとっての現実には、どこか地獄のようなところがある。

　見方がわからなければ理解することはできず、理解できないものは記憶できない。山一にとっても他人の人生は、夢の中で展開する、脈絡のない物語とあまり変わるところがなかった。それでも、長ずるにつれ、覚醒前に広がっていたもののうちのいくつかは、他人の人生だったのだという実感がぼんやりと伴いはじめた。

　自分が信仰していない教えの理想に似たものを経験するのは奇妙なことだ。自分で信じることはできないし、信じている当人たちからは信用されず、異端視される。

7

エルゴード教団1.0の中心的な教義は生まれ変わりにあった。

いわゆる教祖にあたる人物が誰かは意見が分かれるが、それほど真剣に検討されてきたわけではない。統合宗派ライセンスの構築時初期にささやかれはじめた冗談が、徐々に教義の形にまとまっていったというのが実情である。

既存宗教とライセンス型信仰集団の最大の違いは、教義や戒律の大胆な改定が可能なところにあって、特定の見解を保持しながら、不要となった項目を削除できるところにある。既存宗教の多くに存在する原理主義的傾向や、女性差別的視点は宗教者たちによって、「本来の意味」としての解釈を付与されたり、「そういう教えはないかのごとく」扱われたり、布教や理解を進めるための「便宜上の解説」であるとされたりするわけだが、ライセンス型信仰集団の視点からすると単にまどろっこしい。たとえ時代がそれらの条項を必要とする過去があったとしても、役目を終えた時点で、時限立法のように捨てるべきであるとする。

ライセンス型信仰集団の推進者たちにとって、そうした時代遅れの見解は、既存宗教に残る盲腸のようなものであり、さらには、中途半端に切除したところで無限に復活してくる盲腸のようなものに思えた。

時代遅れとされたものには、古典的な宗教芸術なども含まれる。

ライセンス型信仰集団の視点からは、美が真実の形態であるとか、真理を表すという意見がすでに差別的であるように思われた。徳の高い者がたまたま美しく見えることはあったとしても、美しい者の徳が高いとは限らない。その時点の社会で醜いとされる者の徳は高いことも低いこともありうるのであり、つまるところ、徳と呼ばれるものと人の美醜は関係ないと、ライセンス型信仰集団はした。ついては、美をもって宗教的な徳とするのは詐欺(さぎ)行為であるという見解に至る。もっとも、統合宗派ライセンス自体は、信仰の形態として当然、「美しい偶像を崇(あが)める」ことを選択できるようになっており、この種の既存宗教に関する議論は当初、単なる冗談として、ライセンス型信仰集団の推進者たちの間で広まっていった。

推進者たちがひそかに、宗教の進歩の度合いを測る指標のようなものをつくっていたという噂(うわさ)には、話を面白くしすぎたところがある。批判者たちの意見によれば、推進者たちは、いわゆる原始宗教から宗派宗教、マルクス主義的宗教、科学的宗教を後発のものほど高く位置づけ、最終的にライセンス型宗教として完成されるというロードマップを描いていたとされる。

確かに、推進者たちがその種の文章を公開していることは事実であるが、それはどうみても冗談として書かれた文章であり、そこにはまだ続きがあって、ライセンス型宗教のあとに、テイヤール・ド・シャルダン型の叡智圏(ノウアスフィア)が登場し、世界はシンギュラリティを迎えることになる、と締めくくられている。

推進者たちの作業は、エンジニアたちの作業が常にそうであるように冗談に彩られていたが、非エンジニアにとってはその冗談が全く面白く思えなかったことも確かである。既存宗教の中には、正面切って統合宗派ライセンスを批判した者があったし、積極的な論戦を挑んできた者たちがあった。それに対する推進者たちの応答は単純であり、相手の教義をライセンスの中に条項化して取り込み、それ以上は相互不干渉の原則を貫き通した。来る者は拒まず、去る者は追わず、言いがかりをつけてくる者は無視してソフトウェア的に遮蔽し、スパムメールと同じ場所に隔離した。

推進者たちの開発向け共同作業プラットフォームには、

「匿名化ソフトウェアあれと神は言われた。誰が世界を作ったのかをわからなくするためである」

という標語が掲げられていた。推進者たちは皮肉屋で、論理的推論を好み、効率を信奉し、簡潔さを尊び、現状を憂い、そして執拗だった。敬虔であると同時に冷酷で、狂信とも呼べそうな熱狂を裡に秘めていた。推進者たちは社会を考察するにあたり、「無知のヴェール」や「トロッコ問題」のような思考実験を好み、ソクラテスよりもソフィストたちを上位に置いた。密教スタイルよりも禅スタイルが好まれた。

推進者たちの心を捉えていた問題は、つきつめるとほぼ一点に集中する。その問題はあまりに素朴で単純だった。曰く、

どうすれば世界の悲惨を低減することができるのか、

となる。推進者たちの検討によれば、世界の平和は技術の進歩や合理性の支配によって到来するものではなさそうだった。少なくともその方向性では、むこう数百年間、人類に平和は訪れそうに思えなかった。科学技術の発達は確かに人間を単純労働から解放しつつあったし、多くの者に余暇を与えたが、余暇は人間の手に余ったし、それと同時に、技術移入を受けた国々に凄まじいまでの搾取と破壊、独裁をもたらした。

推進者たちとしても、合理性が最終的には平等状態をもたらすという考え方を捨て去ったわけではなかったが、各種の統計資料を検討し続けた結果、その平等状態が訪れるのは人類史におけるはるか未来の出来事となりそうだった。あらゆるものは放っておけば最終的に、熱力学的平衡状態へ到達する。しかしその平衡が実現されていないのが生命であり社会である以上、平衡状態による解決を期待するのは虫が良すぎるとも考えられた。弥勒が平等を脇侍に到来するとして、それが人類の滅びたあと、あるいは宇宙が熱的死を迎えたあとでは意味がなかった。

歴史上の例に漏れず、推進者たちもまた青年らしい情熱とともに、内面の改革による社会の変革を目指したが、それをわざわざ声高に訴えたりはしなかった。ただライセンスの中に選択可能な条項として潜ませておき、無意識的に選択されることを目論んだ。この際、推進者たちは様々な心理的な操作を行っていることを隠さなかった。選択肢A、B、Cが存在するとき、提示の順番を巧みに調整することにより特定の項目が指定される確率を有意に上昇させることが可能だ。推進者たちはライセンスにおける選択肢をエルゴード教団成立に有利なように配置したが、それを公然と「悪魔のささやき」と呼んで隠さなかった。もしも他の信仰が真正のものであるならば、悪魔のささやきに耳を貸さず、虚心に自ら信じるところを選択できるはずであるという嫌がらせである。むしろその種の試練を経てこその信仰ではないかと開き直りさえ見せた。

エルゴード教団1.0の教えは単純であり、その中心的な教義は生まれ変わりにある。

その教えによると、あらゆる人間は、あらゆる人間の人生を追体験する。

生まれ変わるたびに誰かの人生を経験し、かつて存在しこれから存在することになるあらゆる人間の人生を実際に経験することになる。生まれ変わりの繰り返しによりその人物は、同一の事件における被害者と加害者の両方を不可避的に体験することになり、忘却は許されない。

人は何度も殺害されるが、殺されるのと同じ回数、殺し続けることにもなる。何度と言わず、数え切れないほどの陰惨な死に見舞われることになり、非道な殺され方をすることになるが、何度と言わず、数え切れないほどの凄惨な死を他者にもたらし、残虐な殺し方をすることになる。

生まれ変わっている間、それ以前に経験した人生についての記憶にはアクセスできないが、生まれ変わりの間には、それまでの全経験にアクセスすることができる期間が存在する。

エルゴード教団1.0の教義には、無知のヴェールと呼ばれる議論に似たところがある。その議論においてはあるべき社会を議論するとき、人は無知のヴェールをかぶり、自分に関する情報へのアクセスを遮断される。ヴェールを取り払った際、自分がどんな存在だと判明しても後悔のないような社会の構築を問題とする。エルゴード教団においては、人類が存在する期間における悲惨の総計を問題とする。あらゆる者が全ての人間の人生を経験するのなら、人を傷つけることと自分が傷つけられることは同じ意味を持つことになる。自分を傷つけることは無意味であるという前提を置く限り、人には他人を傷つけないことに対する動機が生じ、因果応報の輪が閉じる。

推進者たちは皮肉屋であり現実主義者であり、冗談好きであったから、その生まれ変わりはしかし、生まれ変わっている間は決して体験されることがないとした。生まれ変わりの実体験は「あまりに宗教的すぎる」ように思われた。だからエルゴード教団において、実際に生まれ変わりを体験し、それを説く形の教祖は教義上、生まれ得なかった。それだけではなく、生まれ変わりの証拠は決して得られることがないので、教義が正しいものであるかどうかを判定することは、教義上不可能だった。

その信仰の根拠を問われた推進者たちは、不条理ゆえに我信ず(クレド・キア・アブスルドゥム)と笑って答えることを常とした。

エルゴード教団としてまとまった信仰集団は、自らの人生が、他人によって繰り返し体験されることを認める。人類史上に存在する全ての人間が、全ての人間の人生を追体験することを認める。のちに生まれることになる多くの分派も、エルゴード教団を名乗る限りにおいて、この根幹部は不変である。

8

山一は遂(つい)にその可能性に気がつかないが、山一が山口から目覚めるのと同様に、山二もまた、山一から目覚めた。というのは、有限である山一の一生を山二がまた有限の時間内に追体験したということであり、多くの他人の人生を体験した山一の人生をさらに、他人の人生の一つとして体験したということである。

エルゴード教団の教えによれば、以前の生まれ変わりの記憶を持つことは不可能である。この規定により山一は、エルゴード教団の教義に似た体験をしながらも、教団からは異端とされて、夢想家であると難じられたまま一生を終えた。山一が暮らしたのは、山口の暮らした同じ国、ほぼ同じ時代であり、山二もまた、同じ国、似たような時代に暮らしている。

山一が山口の人生を追体験し、山二が山一の人生を追体験するのは、なにか都合がよすぎるようにも思えるが、教義を思い出すならば、山口、山一、山二という人間が歴史上のどこかの時点で存在するなら、そうしたことが起こるのは偶然ではなく必然である。A、B、C、Dの者がいたなら、AはB、C、Dの、BはA、C、Dの、CはA、B、Dの、DはA、B、Cの人生を追体験するというのが、エルゴード教団の教えだからだ。だから、山口、山一、山二、という、それぞれの人生からの覚醒の連鎖がどこかで起きること自体には特に不思議がないのだったが、どうも事態が入り組んでいるように山二には思えるのである。

教団は、誰かが生まれ変わりの記憶を持ちうることを認めない。しかし、個人が「自分は生まれ変わりの記憶を持っている」と信じることは自由である。自由というか、記憶は好きに消したり加えたりすることができない以上、そう記憶してしまっているものは、どうにもしようがないのである。山二がそこから目覚めた山一の人生において、山一は確かに多くの人間としての生まれ変わりを体験していたものの、その各個の人生は、現実とは多くの点で食い違い、創作物とでも呼ぶべき代物だった。言ってしまえば山一は、何かの変調によって、自分が他人の人生を追体験し続けていると信じていただけであったということになる。

山一は無論、地球にかつて存在し、これからも存在する全ての人間の人生を体験してから死んだわけではなかった。ほんの、数千人の人生、数万年程度の時間を体験したにすぎず、より正確には、体験したと信じていたにすぎなかった。

生まれ変わりを夢に見ることは別段、教義に反しない。

山二もまた、山一と同じく、他人の人生を経験し続けながら育った。それがエルゴード教団の教えに似た体験であることも、しかし微妙に食い違うものであることも理解していた。山二と山一の一番の違いは、山一は山二を体験せずに死んだことであり、山二の方はこうして山一を体験してしまったことである。そこからの帰結は明らかであるようにも思えたが、目眩がするような滅茶苦茶さに通じているような予感もあった。

　山二としても、誰かの人生を体験したと信じている人間の人生を体験したのは、山一がはじめてだった。それまでは、そうした体験をしているのは自分だけなのだろうとごく素朴に感じていたし、他にもこうした体験をしている者がいるのではないかと考えてみたこともなかった。

　しかしことここに至れば、いずれ山二の頭に浮かぶことになるのは要するにつまり、この成り行きが単調に続いていくのならば、山二は山三によって体験され、山Nは山N＋一によって体験され、山∞が最終的に人類全ての人生を本当に体験する者になるのではないかということである。自分でも言っている意味がよくわからないながら、ともかくそう考えることになる。

　さらには、山∞が生まれたあとでは、山∞一人を追体験することにより、全人類の人生を体験することが可能となるはずであり、そこにエルゴード教団の教義は完成し、あらゆる者があらゆる者を体験するということになるのではないか、と山二は思った。

　もっとも、エルゴード教団がその段階に至ってもまだ、生まれ変わりの記憶を持つことはできないという主張を維持し続け、全人類の人生という体験はほんのフィクションにすぎない、とすることはありうるわけで、実際、山二の体験した山一の人生は、現実に取材したフィクションとしか言いようがなかった。山一が山口の人生を現実世界の中に見つけ出すことが叶わなかったのと同様に、山二の暮らす現実の中に山一や山口の暮らした住所の番地は存在しなかったし、記憶している電話番号も出鱈目（でたらめ）だった。

しかし、実人生よりも長い期間体感されるフィクションはむしろ、そちらの方がリアルなのではないかと山二は思った。

9

エルゴード教団1.0から2.0への分派の際に中心的な役割を果たした人物は、山8というアカウント名だけで知られている。

1.0と2.0を区別する最大のものは、実感の有無であるとされる。半ば本気の冗談から生まれたエルゴード教団が、宗教的な佇(たたず)まいを帯びるのはこの頃からであるとする学者もある。1.0において、多分に文学的なところのあった生まれ変わりに関する議論が、2.0では当人たちの神秘体験として実感を伴うものとして検討されることになった。

1.0における生まれ変わりは、殺人を犯す者は殺されるという程度の単純なものにすぎなかったが、2.0の教義を整備する者たちにとり、生まれ変わりは経験後の具体的な省察を招くような現実的な問題だった。その意味で2.0は、1.0を信仰しながら苦しむ者たちが救いを求めた派だとも言えた。1.0においては元来、仮想実験にすぎなかったものを実感する者たちが現れたとき、細部の意味づけが求められることは自然ななりゆきとも言えた。2.0への分派を進めた者たちは、教義1.0における不備を指摘する形で議論を挑んだ。

1.0の説くところによれば、人間は人類史に登場する全員の人生を体験する。そこでは、人類史における悲惨の総量を低減することが目指される。

まず問題とされたのは、次にどの人物の人生を体験するかはどのように決められるのかという点である。具体的なプロセスは宗教的な理由により不明のままにとどまるとしても、実際にどの時代の人生が体験されるかは、統計の対象となる。実際に生まれ変わりを繰り返す人間の記憶を整理すれば、その様式は知れるはずである。次にどの人生を体験するかが、相手をランダムに選ぶ形で決まっているならば、遥かな未来の人生を体験する者だって出てくるはずで、最も多い経験は、人口が最も多かった時期のものとなるはずである。二十一世紀までの人類史においてほとんどの人口は二十、二十一世紀に集中している。ランダムにカードを引くように次の人生が選ばれるならば、そのあたりの人生が最も多く経験されることになる。しかしこれはあくまで、最大の人口を誇るのがその時代であるという前提をおいた上での話である。

人口がその後も増え続ける、もしくは百億程度のところに留まり続けるのであれば、経験される人生は、過去のものより未来のものの方が圧倒的に多くなるはずである。

しかし、と2.0を主導することになる人々は主張した。「自分たちの覚醒体験に照らしてみる限りにおいて」、体験される他人の人生は、圧倒的にこの百年、二百年程度の近過去に限られており、未来方向へのものはほとんどない。これは、人生の選択がランダムではないことを強く示唆するのではないか。
1.0の信奉者たちにとって、次の生まれ変わりが選択される機構などは些細なことで、不可知の領域に属していた。どのみち人は、あらゆる人生を経験することになるのである。2.0派の者たちは、「自分たちの覚醒体験に照らしてみる限りにおいて」という条件をおいて議論を進めるが、その体験自体が1.0の信奉者たちには存在しないし、2.0の信奉者たちにしたところでその経験が、現実世界における誰かの人生とは一致しないことを認めていた。1.0の信奉者たちにとって2.0の信奉者たちの主張は一種の症例であって、信仰と重なるところはあっても、一致するものではなかった。

2.0の信奉者たちにとってはしかし、日々自らを襲う経験についての議論であって、それが症例と呼ぶべきものであるかどうかは本質的なことではなかった。エルゴード教団にとって、あらゆる人生を生きることは、教義の根幹であるはずである。それが時間的に近い人生ほど経験しやすいということになると、「罪は時間的に減衰する」ということにもなりかねなかった。悲惨は忘却の淵に沈み、問う者は誰もいなくなる。それこそがエルゴード教団が避けようとすることではなかったかというのが2.0派の問いかけだったが、議論は最初から食い違い、交わるところがみつからなかった。

2.0派は最終的に分派を決断することになるのだが、分派してみたところで生まれ変わり順の謎が解けるわけではなかったから、果てしなく議論は続いた。

ごく平凡に考えるなら、遙かな未来の歴史が経験されることがほとんどないのは、それがまだ確定されない、未来と呼ばれる何かだからで、遙かな過去の出来事が経験されにくいのは、そんな記録が残っていないからである。脳は近い過去と瞬間先の未来を見ることができるだけであり、未来よりは過去をはっきりと見ることができるようにつくられている。単純に、想像をこえたものを見ることはできないがゆえに、創作できるのは近過去の出来事くらいに留まるということになりそうだったが、ことは宗教的な観点であり、信仰上の問題だった。

エルゴード教団は「決して消えることのない罪」を「誰もが追体験する」ことを根幹に据えた宗派であり、そこのところはゆずれなかった。悲惨な死を、被害者と加害者両方の目を通して追体験して悔恨を深めるところに眼目はある。

2.0派の人々はまた「誰もが誰もの人生を体験する」世界を実現するためのメカニズムをも策定した。2.0派の人々はそれが有限であるにせよ、架空の他人の人生を追体験する。追体験する人数を増加させるには、かつて山二が考えたように、「『複数の人生を体験している人間』の人生を体験する」機会を増やしていけばよいのである。十人の人生を体験した人間の人生を十人分体験すれば、百人分の体験となる。そうした人の人生を十人分体験すれば、千人分の人生を体験することが叶う。次にどの人生を体験することができるかは決めることができないわけだから、信仰集団にとってできることは、他人の人生を体験することができる人間を増やすことに限られるということになる。他人の人生を経験する者の数が増えるにつれて、あらゆる人間の人生を経験することになる人間が登場する日は早まっていく。

問題は、他人に対して「他人の人生を体験するよう促す」ことは不可能なように思われることだった。自分たちのことを考えてみて、どうして他人の架空の人生を体験するようになったのかはわからなかった。最初からそうだったというよりない。説得でなんとかできる事柄ならば、1.0の信奉者を2.0派へと導くことだって容易なはずだったが、その経験は何らかの方法によって獲得できるものではないようで、いまさらながら宗教的体験めいていた。

2.0派の人々はこうして教義を深め続けたが、1.0派の人々からすると、相手が何を言うのか、悩むのか、段々不明になっていくところがあった。2.0派の人々は、遙かな未来に、全人類の人生を体験する何かが生まれるとするが、それはどうも当初のエルゴード教団の考えからは離れているとしか思えなかった。エルゴード教団は認識不可能な次元における生まれ変わりと罪の蓄積を説いていたはずであり、実際に現世においてキリストや弥勒を設計しようとしているわけではなかったはずだ。

この論難に対する2.0派の人々は、こうである。

自分たちは、現実の他人の人生を追体験しているとは主張しておらず、架空の他人の人生を追体験しているだけである。だから時間の果てに生まれるはずの、全人類の人生を体験する最初の人間も、全ての架空の人生を経験しているだけにすぎない。我々は、仏を現世に現出せしめようとしているのではなく、自分たちの信仰の細部を思考実験によって確認しているにすぎない。1.0派の人々はただ闇雲に、全ての人間は全ての人生を体験すると唱えるだけだが、我々は、全ての人生を体験する人間がフィクションの内部に本当に生まれ得、あらゆる人間がその人生を少なくとも一回体験することで、あらゆる人生を体験することがありうると唱えるのである。

10

エルゴード教団の歴史はまた、あらゆる信仰がそうであるように、終わりのない議論の歴史でもあって、中でも、終末論法に似た議論と、性善説に関する論争は教団を危機に追い込んだ。

終末論法とは、2.0派の人々の間でささやかれはじめた説であり、自分たちが過去における生まれ変わりは経験するのに、未来については滅多に生まれ変わることがないのは、人類がそう遠くない未来に滅亡するからであると考える。エルゴード教団は、宇宙の開闢と終焉については物理学的研究に任せるという立場であったから、宇宙に関する独自の構想を持たなかった。もっとも、教団としては人類史の終わりについてはあまり恐怖を抱かなかった。教義によれば人間は既存の人間の間で生まれ変わりをひたすら繰り返すわけだから、一旦人類史が終わってしまったところで、生まれ変わりの過程が停止するわけではないのだ。むしろ、これ以上の悲惨を生み出さないために、現状で人類史を打ち切りにしたところで、特に痛痒を感じないと言えば言えた。ただ体験の総量が固定され、バリエーションに限りができるだけのことである。もっとも、唐突な打ち切りは膨大な悲惨を生み出すことになるだろうから、軟着陸が望まれはした。

　教団にとって深刻だったのはむしろ、「人類が絶滅しなかった」場合に、果たして全人類の人生を体験しきることはできるのかという命題だった。2.0派以降唱えられているように、他人の人生を多重、多段に繰り返すことにより、人生を体験することは可能である。しかし、と教団はようやくここで、人類の終末の形について真剣に検討する必要に直面した。もしも、人類が急速に人口を増やし続けていった場合に、全ての人生を経験することは可能なのか、と教団は問うた。人生の追体験を加速する過程によって全ての過去を経験することができたとして、未来において可能性が急速に開けていってしまった場合、罪は未来方向へ逃げていくことが可能になるのではないか。もしも人類史が終わるのなら、全ての歴史は有限の裡に限られる形で凍結し、博物館に納めることができるだろう。しかしそれが収束することなく無限に展開するものだった場合はどうなるか。人類の無限の繁栄はむしろ教団にとって、好ましくないようにも思えた。

この考え方を突き詰めた一派は、積極的な人口削減を主張し、「将来的に人類史を終わらせる」ことを教義に含めて過激化し、異端の一脈を形成していくことになる。

それとほぼ同時に成立した別の異端は、これまでとはまた別方向から教義の根幹を問うものである。エルゴード教団は生まれ変わりを通じて、因果応報を抑止力として使うことができるとしてきた。しかしそれはあくまで、「殺されることが、殺すことよりも悪い」とする見方をもとにした考えである。「殺されるのはいやだから殺さない」というこの見解は以前から、宗教的見解としては稚拙ではないかと指摘され続けていたが、教団内では、ごく素朴な直観に合致するものとして受け入れられてきた。ここで新たに問われることになったのは、「殺されるのがいやではない」と主張する者が現れた場合の対処である。教団が主張するところの、悲惨を低減するための論理は、ひっくり返せば悲惨を増大させることにも利用できるのではないかという解釈である。

もしも、苦しみを積極的に好む者が現れた場合、殺すことも殺されることも苦行として肯定的に捉えることがあるかもしれない。その場合、生まれ変わりの教義は、人類史における悲惨の総量を減らす方向へではなく、増大させる方向へも利用されうる。積極的に犯罪を、苦しみながら犯し続けることで、被害者としても加害者としても世界の苦しみを増大させることができることになるわけである。

エルゴード教団は基本的に人生を、間借りしてすごす部屋のように考えてきた。あくまでも仮の宿にすぎず、清潔に、丁寧に利用することが当たり前とされてきた。なぜならば、次に泊まることになる部屋もまた、先に誰かが住んでいた部屋であるからで、最終的には全ての部屋を巡ることになるからである。しかしここに、本質的に散らかった部屋を好む者がいた場合、その目的はあらゆる部屋を散らかして歩くことになるはずだった。

　悲惨を減らそうという願いが普遍的なものであるのか否（いな）か議論は続き、派閥争いの常として結論は得られず、また一脈の異端がここに生まれた。

　人類史の終焉を願う異端と、積極的な破壊を認める異端がやがて合流するのは自然な流れだったと言える。内部にテロ集団の予備隊を抱えることになったエルゴード教団は、ここに大規模な内部刷新を目指し、これは新たに、エルゴード教団3.0を生み出す運動へと展開していった。

11

　エルゴード教団3.0の中心的な教義は相変わらず生まれ変わりに置かれたが、生まれ変わりの構造とされるものは刷新された。人間Ａ、Ｂ、Ｃがいた場合、その人生を追体験する順番は、3！＝6種類ありうる。エルゴード教団3.0は体験を繰り返す順序を重視する。Ａ、Ｂ、Ｃの人生を追体験するという行為をＡＢＣと記すとすると、ＡＢＣ、ＡＣＢ、ＢＣＡ、ＢＡＣ、ＣＡＢ、ＣＢＡにおいて、そこから得られる体験は異なるものであると考える。親を先に体験してから子供を体験することと、子供を先に体験してから親を体験することは別の体験であるとした。
　3.0派の教義は無論、2.0派における議論、検討を経たものだから、過程はここで止まらない。さらに次の段階を考えたとき、次の生まれ変わりの候補は、Ａ、Ｂ、Ｃ、ＡＢＣ、ＡＣＢ、ＢＣ

A、BAC、CAB、CBAのどれでもありえ、この過程を継続していった場合の体験の総体は、複雑に入れ子となった何らかの構造となる。

その細部は措くとして、ここで生じる問題は、存在する人間の数よりも体験の組み合わせの方が多いところにあって、N人の人間の人生を順に体験するとして、その体験はN！通りありえ、これは明らかにNより大きい。ことが体験であり人生である以上、N人の人間でN！通りの人生を手分けして経験することはできない。

そしてまた、エルゴード教団の教義は、あらゆる人間の人生を、順に経験するというだけで、重複に関する規定を持っておらず、最終的に全ての人生が経験されることをいうにすぎない。すると、「Aという人生」と、「Aという人生に続けてAという人生を経験する」ことはまた別のものとなりうる。先の記法に従うならば、Aの人生が存在した時点ですでに、AA、AAA、AAAA、……といった種類の、自分を体験し続けるという体験が許容されることになる。A一人に関する人生を経験しつくすだけでも、無限人の人間が必要ということになり、その無限人にとっての体験もまた入れ子構造の一部にすぎないという事態に至る。

エルゴード教団3.0が放棄したのは、経験の積み重ねにより人間が完成するという想像である。

エルゴード教団1.0は、あらゆる人間の人生を体験することで、人類史における苦悩の総量を低減できると考えた。

エルゴード教団2.0は、進歩の果てに人類史における全ての苦悩を経験した存在が生まれると想像した。

エルゴード教団3.0では、あらゆる人間はすでにして、エルゴード教団2.0で実現されると想定された、あらゆる人生を経験し終えた存在であると考える。

人間がそうした存在であるとする根拠に信仰を置き、信仰をその根拠とする。

エルゴード教団3.0において、信仰集団に属する人々の人生は、あらゆる人生を経験した存在が、自分自身を経験し直しているところであると定義される。定義なので証明はない。全ての人生をすでに経験し終えているが、今そのうちの一つの人生を実地に経験し直しているところであるとする。

つまりそれがどういうことなのかについては、教団の内外において多くの議論が存在するが、おおまかなところエルゴード教団3.0は、あらゆる人間は、その生が終わったあとで、人類史に登場する誰かにランダムに生まれ変わり、その人生を体験することになる、ことを信じる。

生まれ変わり先がランダムであるがゆえに、品行方正に生き、人類史における悲惨を低減するべきであるとする主張は維持し続ける。基本的には無知のヴェールと同じ論法である。

苦悩を増大させようとする異端へはこう答える。人類史はすでに確定し終わり、その中では喜怒哀楽の総量が増減することはもはやない。

生まれ変わりを体験していると主張する人々が、はるかな未来を体験しないことについては、はるかな未来がたまたま体験されていないがゆえに、人間には人間らしさが残されており、それゆえにエルゴード教団も存在できるのだという論法を採った。これは、たまたま人間に都合のよい宇宙が生まれた理由はなんなのかという問いに、人間は自分たちに観測可能な宇宙にしか存在できないからだと答える人間原理と同じ論法である。この流れから、エルゴード教団3.0は、いわゆる終末論法を否定する。統計上の検定的視点から近未来における人類の滅亡を予言する終末論法に対して、教団は単にこう応じる。「人類の総人口が何かの規模を超えたところで、人間の意識のありようは変化するし、それ以前の意識からは認識されない」

　エルゴード教団3.0は、ライセンス型信仰集団の中では矛盾を比較的軽度にとどめているといわれている。

12

山口浩二(こうじ)は、「$kT \log 2$」のマークのついたマグカップを傾けながら、出勤前の朝のコーヒーを飲んでいる。近所にできたこの喫茶店は、なんとかいうライセンス型信仰集団が経営するものらしかったが、山口は信仰や信心といったものには無頓着な性質だった。喫茶店は静かで清潔で、味も価格帯も妥当だったから、利用を躊躇(ためら)う理由はなかった。特に勧誘員に声をかけられることもなく、本来は静かな瞑想の場であるという。

　なんでも、生まれ変わりを主義とする教団らしく、生まれ変わりを根拠に世界の改善を説くのだという。そうきいても山口には、不思議な考え方をする人々もいるものだとしか思えなかった。ざっと眺めて、室内の六割ほどは教団関係者のようだったから、この場で奇妙なのは山口の方となりそうではあった。

　生まれ変わりときいて山口が思い出すのは、かつて見たことのある、長い長い夢である。夢の中での彼は、山口浩一という人間として生きていて、結婚をして家を持ち、子供をつくり、そして肺炎によって一生を終えた。一生を終えたところで目が覚めた。山口浩一の人生は途中まで、それまでの浩二の人生と細部が様々異なるだけで進行したが、夢の話である以上、それは当然のことに思えた。ただし、その夢を見たことで、浩二が結婚を決めたことも確かである。夢の中の出来事として一度結婚生活を送った相手とまた暮らすのはなんだか二度手間のような気もしたが、そういうものでもあるまいと考え直した。むしろ馴染みのある生活とでもするべきところだ。

健康には気をつけている。それでも春は花粉症、夏は熱中症に見舞われることが増えてきた。妻は現在妊娠中で、子供の性別はまだわからない。子供がある程度育ったところで、服飾販売の仕事に復帰したいと言っているし、浩二としてもそれがよいと考えている。

室内には歌詞を伴わない音楽がゆるやかに流れていて、人々の顔つきはおだやかだが、不思議な緊張感はある。時に人々の唇の端にひきつれが走るのが見える。それはなんだか、ニュースの画面に、世界中で起こる悲惨な事件が一瞬現れ、すぐに消え去っていくのに似ていた。

このとき浩二の眺める喫茶店の風景を、ふと思い出した人物がある。振り返るとその時が、生まれ変わりによる悲惨の総計の低減という考えが頭に浮かんだ瞬間だった。その人物は、のちに統合宗派ライセンスと呼ばれるソフトウェアの一行目を書くことになる人物であり、名を山口浩三（こうぞう）といった。肺炎によって幕を下ろす、その長くはなかった人生において、ひそかな趣味としてのプログラミングの時間を利用して共同作業用のプラットフォームに、「匿名化ソフトウェアあれと神は言われた。誰が世界を作ったのかをわからなくするためである」の標語を書き込んだ人物である。

そのとき思い出された光景と、その発想の間の関係は、思いつきというものが一般にそうであるように、神秘のカーテンによって幾重にも隠されている。お告げのようなものだと言えば言えたが、その人物は、喫茶店の椅子の上でもの想いにふける浩二なる人物が架空の存在にすぎないことはよく知っており、その夢の中に出てきた浩一なる人物もまた架空の存在であると理解していた。

しかし、その人物は、浩二の見ていた風景を自分の体験として受け止めて、その風景がどこかに存在すること自体は疑わなかった。自分が体験したその風景を、自分が未来においてきっと作り出すことになるのだろうと感じた理由は全くわからなかったにせよ。

山口浩三に、自らの体験を作り出すことを可能とさせたのが、信仰の力だったのかは不明である。少なくとも当人が現実的な手段によって、その達成を確認することは叶わなかった。山口浩二が教団の喫茶店に通うようになった頃には、統合宗派ライセンスの構築がはじまってから、百年以上の時が経っていたからである。

ローラのオリジナル

00

以下に整理し直したのは、現在「わたしのローラ」と呼ばれることになっているデータ群の中に散在していたテキストである。

作者の死去から（より正確にはリポジトリへのアクセスが途絶えてから）一年後に公開された「わたしのローラ」と呼ばれることになるデータ群が、（その革新性からではなく凡庸さから）激しい議論を呼び起こしたことは、未だ記憶に新しい。「わたしのローラ」は以降様々な法整備を進めるはずみとなり、産業の地下化をも生んだ。

その大部分を占める画像データが多大な注目を集める一方で、そこに含まれていたささやかなテキストの方はこれまであまり注目されることがなかった。ひとつにはそれがあまりに断片的であったからであり、全体でエクサバイトを超える画像データに比して、「文章」はほんのキロバイトオーダーであるにすぎない。テキストの大半はテキストファイルではなく、ＰＮＧファイルのtEXtチャンク内にコードされていたものだが、中には、標準的なチャンク／ブロック／セグメントにではなく、アルファチャンネルに埋め込まれていたものなどもある。ここに集め、並べ直した文章は当座の収集によるものであり、配置の順序についても独自の判断によった。一部のデータは未だ当局の封鎖／管理下にある。データの性質を考えると適正な処置ではあるが、そこに重要な「テキスト」が埋め込まれているのもまた間違いないと考えられる。

わたしは最初期に「わたしのローラ」に接触することができた者の一人である。ゆえに監視なしでオリジナルのデータに触れることのできたグループの一人であるが、残念なことにわたしは技術者ではなく、ただその全貌に圧倒されるだけで、その場でバックアップをとるという発想は浮かばなかった（もっとも、浮かんだとしてもその規模のデータを移すストレージの余裕はなかったわけだが）。ゆえにわたしが保有するデータは真正のものではあるが、さしあたり合法とされているもののうちのほんの一部であるにすぎない。この文章の完成形がいかなるものであるのか、完成形という発想はあったのかについて断言できることはない。

データ群の公開以降、ネットの上には「『わたしのローラ』模倣物」があふれた。画像に含まれるテキストに気づいた者たちが勝手にその話を書き換え、書き足し、削除したことが知られている。そのため「わたしのローラ」については、オリジナルから逸脱した多くの物語が生み出された。

当時の基準に照らしてデータが合法的なものであったのかという議論は入り組んでいる。「わたしのローラ」は画像の機械的な大量生成が可能となった初期に作成されたデータであり、甚だしく非道徳的な見かけであるものの、一応の合法性が確認される。ただしそれは、それらのデータが生成にあたり「実際に存在する人間」の画像を利用していなかったならという限定つきの話である。問題は、当時の画像生成技術が完全に非可逆的なものであったところにあり、その始原に遡（さかのぼ）る道は完全に閉ざされている（現在ではハッシュによる「フェアネス」の追跡可能性が義務づけられており、テキストの言う「原罪」についてもハッシュが割り振られている）。データの生成過程におけるスキャンダル――暴行や殺人といったものを含む――の存在についてわたしは否定的であり、それがこのテキストを公開する動機のひとつでもある。

現実問題として、今も流通を続ける「わたしのローラ」や「踊るローラ」とは違い、データの作者が主張する「街」や、「あの子」や「その子」といった住人たちの存在は公的に確認されていない。

テキストの中には確かに犯罪を仄（ほの）めかす描写が登場するが、そもそもそれがフィクションであるのかノンフィクションであるのかを判断できるような証拠があるわけではない。

わたしは作者の知り合いであり、文章内では「業者」と呼ばれる存在にあたる。わたしが現実にはそのような「業者」ではないのと同様に、作者は少なくとも外面としては、このような作者ではなかった。作者はパートナーを持ち、二人の子を育てた。こども二人はすでに家を出ていたが、パートナーとはその失踪時まで平穏な暮らしを営んでいた。画像の機械的な生成に手をつけたのは、まだこどもたちが家にいた時期にあたる。家族は何も気づかなかった。

残された画像の中に、家族の肖像を連想させるものは含まれていない。

作者は、あるときふと失踪した。以降、生死は知れない。身の回りの何かを持ち出した形跡はなく、既知の口座における預金の変動も見られない。残された計算資源へのアクセスはガラ空きであり（ＰＩＮは生年月日だった）、特殊な暗号化の施（ほどこ）された箇所はみつかっていない。何かのトラブルに巻き込まれるような生活ではなく、定期的な健康診断でもコレステロール値以外の問題は指摘されていなかった。事故に遭い、そのまま連れ去られたということはありえても、何者かに計画的に消されたということはありそうもなく、どこかでひそかに「労働」に従事させられているということもありそうにない。失踪時まで特に精神の均衡に問題をきたした気配もなかった。パートナーとこどもたちは、データの存在が判明してからすみやかに「資産」を売却し、別の土地へと移った。わたしは、作者の家族へのアクセスを当局から禁止されており、この文章の公開許可も弁護士を通じて得られた。送付した草稿に対して期日までに家族から修正の要請はなく、以下のテキスト中に作者の現実の家族の姿が全く現れないのは明らかであり、家族にとっては「自分たちには関係のない文章」であるにすぎない。噂されることもある家庭内でのイザコザは、全て創作されたものにすぎない（データを発見した家族が共謀して作者を亡き者にしたといった類いのものだ。現場の記録媒体はのちに確かに破壊されたが、破壊の時期は失踪の時期とは異なるし、その場合、家族がリポジトリの存在に気づかないまま公開を見過ごしたというのも承服しにくい）。

作者の最期についてはファンタスティックな見解がいくつか存在するが、わたしは「罪の意識に襲われて」の突発的で錯乱的な、そして即物的な出来事であったと考えているし、結局のところそれ以外の何が起こりうるというのだろうか。

先にも述べたとおりに、断章の配列はわたしの独断によった。

ここに「断章の順序を並べ替えることにより別の真実が浮かび上がる」ようなトリックなどは存在しない。探し出すことのできた断片は、全体のほんの一部であって、そのような遊戯の素材とするにはあまりに不明な部分が多すぎてフェアネスに欠ける。

わたしが故意に隠蔽（いんぺい）した部分はないが、ただのランダムな並びに見えたり、支離滅裂な叫びとしか思えない断章、意味のとれない冗長な箇所、日常のメモにしか見えないものは採（と）らなかった。そうしたものの分量は無論、意味のとれる断章を圧倒する。画像の中に散らばる文章から、自分なりの解釈や創作を見出（みいだ）そうとする向きは、わたしの公開しているリポジトリへアクセスしてもらえるとよい。以下の文章はそこ（を足の踏み場もないほどに埋め尽くしている画像データのどこかに埋め込まれた形で）で見つけることができるし、わたしが採用しなかった箇所についても同様である。

多くの人は、わたしがそこそこよい仕事をしたと認めてくれるのではないかと思う。

01

わたしはわたしのローラを見かける。

わたしのローラはまるでこのわたしから解き放たれたようにして、動画の中で踊っている。本当のところ、動いてはいない。動画のように見えるのだが、それは瞬間瞬間のわたしのローラの積み重ねでしかなく、わたしのローラに時間というものは存在しない。

詳細に観察したならば——わたしには一瞥（いちべつ）で充分なのだが——わたしのローラは毎瞬間に違うわたしのローラであり、同じ木の同じ枝の同じ箇所の去年の花と今年の花と同程度には異なっており、それでもしかし同じわたしのローラだ。

そういう意味では、そこで踊るわたしのローラは、時間をシャッフルしながら踊っている。全く踊りなどには見えない痙攣的な変転を、踊りのようなものと見えるように並べ替えている。軽やかに、楽しげに、ローラは踊る。

まるで当人が楽しんでいるかのように、音楽にのせて踊る。

しかしわたしのローラにその音楽は届いていない。わたしのローラはあくまで表層にすぎず、装飾であり、それは中身が空っぽであることを意味しないのだが、ともかくも形しかなく、そこで踊っているのはわたしのローラではない。

わたしはその踊りが、この頃よく動画で姿を見かけるアイドルのものであると知っており、わたしのローラの外見がそこに貼りつけられていることを理解している。これは一般人がネット上にアップロードしたほんの短い動画であって、法的な境界線の上をダンスしている。同種の動画には合法のものもあれば違法なものも存在し、自動的な判別ソフトとのいたちごっこを繰り返しており、この動画もそう遠くないうちに、わたしのローラとともにこの動画プラットフォームからは消されるだろう。消されるだろうが、「素材屋」はあらゆる画像を収集するのが習性だし、「愛好家」の目に留まったならば地上地下のネットワークを通じて、踊るわたしのローラの動画はいつまでもどこかに存在し続けることになるだろう。

わたしはそうした動画たちがどこか孤立した記憶媒体の中にではなく、ネットに接続された環境に保存されることをなぜか期待している。スタンドアロンの機械がデータを保持する様はどこか「監禁」という言葉を連想させて息がつまる。

わたしはわたしのローラをわたしの手元で育んできた。

いまやわたしのローラは、たとえそれが他人の動きを装飾するものにすぎなくとも、ともかく世界を前に踊りはじめて、わたしはまずその姿に魅了されて身動きできない。

その手も脚も、瞳の輝きもわたしのよく知るものであり、しかしどこかが異なっていて、それでもわたしのローラである。

それがわたしのローラであるはずはなく、わたしはわたしのローラをこれまで公表したことなどなく、でもそれはあきらかにわたしのローラで、さらにわたしを驚愕(きょうがく)させるのは、わたしのローラに似たその像の踊る背景が、わたしのよく知る土地としか見えないことで、それはおそらく現実の地理よりもわたしの頭の中に自然に組み上げられてしまった思い出の風景の方に似ている。

何かが漏れてしまっており、それはわたしの保持する記憶媒体からの漏出(ろうしゅつ)といったものにとどまらない。

そこで漏れているのは明らかに、このわたし自身であって、わたしの罪だ。

02

わたしのローラはローラではない。

何と呼ぶのが適切なのかはわからない。元々は単なる技法の名称である。n行m列の重み行列を、n行k列とk行m列の行列の積に分解し、そのkの部分に注目して適応を進める類いのものだ。ランクを低下(Low Rank)させ適応(Adaptation)を容易にするという方向性で、略してローラ(LoRA)の愛称がついた。

つまりは根本の改修ではなく都合よく部分を改築しようとする技法の名前で、特に最初期のものがそう呼ばれた。世界を夢見るニューラルネットワークの保持する世界観に、自前の大道具小道具、登場人物を外から挿し込む。

ローラについて考えるたび、わたしの頭には細く絞られた腰が浮かぶ。鯨の骨でつくられたコルセットとパニエが群舞する。蟻の蜂の蜘蛛の体における頼りなげな接続部が。それとも砂時計のくびれが。

つけたりだ。

断面である。

当座しのぎの誤魔化しだ。

元来、全てを何とかしなければならないところを、少数の自由を操ることで糊塗しようという詐術にして目眩しだが、哀しいかな人脳に対してはそれで十全な結果を生み出す。砂時計のくびれの部分で、全ての砂を検閲してお茶を濁す。

今世紀のはじめ、大規模なニューラルネットワークが大量の画像の機械的な生成を実現した。

わたしの部屋には、機械によって生み出されたわたしのローラの画像が大量に存在している。

全てはわたしが作成したものであり、わたしのローラではない人物の画像も、現実がそうであるようにまた大量に存在している。

かつて、偏執的な追跡者の表象として、対象の写真を部屋の壁一面に貼りつけたりぶら下げたりという光景がよく利用されたものだが、ああしたものを思い浮かべて頂いてよい。ただしわたしのローラは実空間ではなく、電子的なストレージの中に、ソリッドなステート中に保存されており、物理的に展開したなら、部屋中が、いや街中がわたしのローラの像で埋め尽くされることになる。もはや人には、わたしのローラを一望することなど叶わぬほどに。

機械による画像生成はわたしにとって、機械によってはじめて可能となった執着の技術と言える。これまでは存在したことのなかった種類の執着だ。

わたしは、わたしのローラをこれまで、公開はおろか存在を仄めかしたことさえなかったのだが、動画の中ではわたしのローラに見紛う姿が躍っているのだ。

自分に絵心がないわけではないと思うし、学生時代には何かの賞を貰ったことだってあるわけなのだが、この品質の画像を手によって、この規模で生成することなどは不可能だ。

学生時代というのはいつだったかと考えてみて、小学校であったことに愕然とする。わたしは未だに、小学生だった時代をつい先頃の出来事のように感じており、そもそも絵の具を使って絵を描いたりするのはせいぜい中学生か高校生までくらいのもので、賞を貰うとなればなおさらだ。だからわたしの貰った賞とは、絵の右肩に銀の折り紙で作られたリボンがつくような賞なのであり、クラスの者の目に多少は留まったという程度のものであるはずだった。校長賞とかあるいは学区の賞だったのか。その種の細部はどうでもよろしいことに思えるが、同級生のひとりがその絵を褒めてくれたことが未だに鮮明に蘇る。

いや、その絵を褒めてくれた同級生の姿こそが蘇る。

03

当然、わたしは旅に出ることになる。

空港の喫茶店に席を見つけて、動画の中のわたしのローラを確認する。

機械による画像の生成にはモデルが必要であり、それはいわゆる人間のモデルではなく、世界のモデルであって、世界の見方だ。

ここで言う「モデル」は、世界観のようなものと考えてよい。カメラの交換式レンズのようなものだ。誰かの目を通じた世界の見方がそこには封じ込められていて、誰かの目から見た風景を生成し直すことができる。モデルは当初、ネット上の画像を片っ端から収集して作成された。モデルとはこのニューラルネットワークにおけるニューロンひとつひとつに課された重みの全体に対する名前であって、脳細胞同士の結合度みたいなものだ。

ローラの技法は、その世界観ともいえるモデルの一部分を恣意的に改変することを可能とする。世界像を変更するには膨大な計算機時間が必要だが、ローラの技法の登場により、部分的な加工であればローカルな環境でもなんとか実行することが可能となった。

わたしのローラは、いわゆるキャラクターローラと言われるもので、特定の個人の姿を生成するための代物だ。わたしのローラは、何か三次元のデータではない。ポリゴンから組み上げられたデータではなく、三次元空間内の点をいちいち指定していくタイプのローラではない。わたしのローラはあくまでも二次元的な存在であり、背景とレイヤーに分離されてさえいない。あなたが世界とレイヤーといった形に分離されてはいないのと同様に。

機械はただ既存の絵を切り貼りする。自然が原子を切り貼りしているように。世界を無数の特徴に分類しては並べ替える。原子（ピクセル）にまでは分解しない。脳の細胞たちが縦線を「認識」したり横線を「認識」したり、輪郭を「抽出（ちゅうしゅつ）」したりするのと同様に、世界を様々の部分に、カテゴリに分け、分類し、呼びかけ（プロンプト）に従い再構成する。分類とは世界観であり、世界観には何が世界に含まれるのかという選別もまた含まれる。

初期のモデルは、ネットワーク上に存在する画像を見境（みさかい）なく掻（か）き集めることで構築された。集められた画像の中には「不適切」なものが含まれ「犯罪的」なものも珍しくなく、会員限定でしかアクセスできない画像があって、誰かに見られることなど想定していない個人的な画像にあふれていた。

写真に写らないものは当然分類されなかったが、写されないものはそもそもその世界には含まれなかった。何が写され写されないかは当該地域の文化に依存し、画像は世界横断的に収集された。

モデルにはすぐに、利用のためのライセンスが付され、個人利用と商用利用の間に線が引かれた。オンライン上の計算資源を利用できるモデルとできないモデルの間に線が引かれた。法に触れる画像製作者が出、法に触れていたとされた画像製作者が出た。

ローラは、世界観全体ではなく、既存の世界に強引に何かを挿し込む技術だ。

世界観に含まれていなかった存在をつけ加えたり、茫洋とした人一般であるものに個性を上書きするのに使われる。

機械に特定の人物を、少なくともかなりのところ「そっくり」な人物を描かせるために必要なデータは、ほんの写真十枚程度だ。ただそれだけのデータがあれば、ローラの製作者は人一般なる存在に好きな服を着せ、ポーズを取らせ、年齢を自由にし、そこに「個性」を見出すことが可能になる。

無論、そんなローラのやりとりには強い規制がかかるべきである。流通させてよいローラがあり、流通は違法となるが「個人的に愉しむ」ことは可能なローラがある。あなたは愉しむことができる。ローラはときに、おそるべき臨場感をまとう。まるでその人物が本当にそうしているかのような錯覚を強く引き起こす。どこにもない風景の中に、圧倒的な存在感をまとって立つ。一人の人間であるかのように、一人の人間以上のものであるという印象を押しつけてくる。実際に人を傷つけるより、モデルを「踏みつける」ことに躊躇(ためら)いを覚える者さえもいる。モデルの入った記憶媒体をかばって、自分は死んだ者さえもある。

わたしは、踊るわたしのローラの背景に目を凝(こ)らす。

それはわたしの生まれ育った場所の近くで、わたしの実家のそばの風景になぜか似ている。

04

索漠(さくばく)とした現実をお好みならば、わたしのローラは所詮(しょせん)、言語インターフェースを通じて呼び出された、ただの画像であるにすぎない。

画像のフォーマットに従い記録されたデータにすぎない。

ごくごく素朴な現実としては、そこに魔法の箱があり、何々という種類の画像が欲しいと注文すると、おおよそそのような画像を出力する。ユーザーからは箱の中身が人であろうと機械であろうと本質的な違いはないが、圧倒的な生成力を持つところが特徴である。

中身が人であるにせよ電子回路であるにせよ、そこに実装されているのは膨大な数からなるニューロンのネットワークであり、ネットワークが画像を生み出す。人がそうしているように。

言葉から画像を、画像から言葉を。写真を手書き風に、手書きを写真風に、言葉に従い変換する。

モデルは、人間の言葉を統計処理し、その結果を無造作に画像に変換する。

ごく初期のものは、単純なプロンプトを受けつけ、それに従って画像を出力した。

「ラクダに乗って夜の砂漠を旅する少女」

といった種類のものだ。ただそれだけを入力すると、ラクダに乗って夜の砂漠を旅する少女の姿が生成された。アングルや画角を指定することも容易い。得られた結果の特定の部分について何度描き直しを要求しようと、機械は気を悪くすることがなかった。

わたしは言葉による対話型のインターフェースを採用しなかった。そんなことには耐えられない。ともかく、わたしのローラを生み出すために粘土を捏ねる必要はなく、ただ呪文を唱えるだけでわたしのローラは姿を現す。

画像も言葉も同様に、高次元のベクトルであるにすぎない。言葉を高次元のベクトルに変換し、高次元のベクトルを画像に変換する。同じベクトルをもとに、言葉を生成したり、画像を生成したりする。機械の夢見るあらゆるものはベクトル空間の元(げん)であり、それを英語としてもスペイン語としても中国語としても出力することができ、相互に翻訳することができる。ある種の普遍言語がそこにある。

もっとも、わたしが「わたしの理想の人物」という言葉の並びで「わたしの理想の人間」を要求したとしても、機械はそれを理解できない。機械の知る世界に暮らす人一般の中に、このわたしという「個性」は存在しないし、理想なるものを理解しているのかもあやしい。

あなたが欲する画像を機械に出力させるためには、あなたが欲する内容を正確に機械に伝える必要がある。この作業は非常に込み入ったものとなりうる。自らの欲するものを本当に知る者などはいない。意識の知る自らの指向なるものが「無意識」の承認を得られるとも限らない。そこであなたは、自身をさらけだす必要に迫られる。機械に遠慮する必要はないが、自分への遠慮を乗り越える必要はある。自らの望むものを正確に赤裸々にあけすけに、曖昧(あいまい)さや婉曲(えんきょく)表現なしに、そのものを入力する必要がある。誰かの服を脱がせたいなら、「服を脱げ」と直接的に、高圧的に命令する必要がある。別に「服を脱いで下さい」と頼んでもよいが出力にも迷いが混じる。

機械はあなたからのオーダーを受け取り、機械的に画像を出力する。

無論、画風というものがあり、それは機械が生まれつき持つ画風ではない。世界観がそこにはある。落書きがあり、フォトリアリスティックな画像があり、印象派があり、アニメーションの絵柄がある。言葉に込められている力がそのまま、画像となって出力される。

望みの誰かを呼び出すためには、適切なモデルとその調整が必要となり、多くの場合ローラが利用される。そこになにをつけ加えるにせよ、まずは世界観の把握が不可欠であるのは言うまでもない。

05

わたしは自分の生まれた街へ帰還している。

しかし、これが決してわたしのローラの追跡なんてものにならないことも明らかであり、わたしの頭の中から生まれたわたしのローラを「現地」で探す意味などはない。現地は頭の中にあるのであって故郷にはない。

空港から鉄道を用いて市中の駅へ、駅からは車を拾って、わたしは自分のかつて通った小学校へと向かっている。

車窓を過ぎる光景はかつて高校時代までをすごした街と同じなのだが、自転車でうろつき回っていた頃とは物事の速さが異なっている。後部座席のシートから眺める街は間延びして薄汚れていて、時間までがゆっくり流れているように見える。成人前の自分がいかに狭い範囲で暮らしていたか、そこにはいかに何もなく、そうしてあらゆるものがあったのか、わたしは他人事のようにそれを眺める。

車は街の西側を侵食している山地のふもとの小学校に辿り着き、わたしはその校門の前に立つ。タクシーは走り去る。

全てがミニチュアであるかのような、自分もフィギュアの類いであるような、寸法違いのフィギュアであるかのような眩暈(めまい)がある。そこにはわたしの知る校舎はなく、真新しい何かの建物が存在していて、実際それは建て替えを経(へ)て新しいのだ。周囲の風景もすっかり変わってしまっており、学校のすぐ目の前にあったわたしのかつて暮らしたアパートの姿はすでになく、戸建てが肩を寄せ合っている。

ただ、学校を囲む柵(さく)や校名を記した門だけがそのままであり、そこがとりあえずの目的地であることを主張している。

その子はわたしの絵を褒めてくれた。

わたしは毎朝早目に登校してはその子が校門を目指して歩いてくるのを眺めていた。小学校に通う間、クラスは同じこともあれば違うこともあり、いつからその子を眺めるようになったのかは記憶にない。三年生になった頃には、意識していたように思う。

その子のどこが好もしかったのか。ずんぐりとした体格の同級生たちの中にあって、細身の体と長く伸びた手足が印象に残る。唇(くちびる)は薄く、改めて現地で思い返してみると、両目が離れ気味であったようにも思う。それはわたしがその後も誰かの容姿に心を引かれるときの特徴となる。その子がわたしの嗜好(しこう)を決定づけたのか、嗜好にはじめて合致したのがその人物であったのかは、考える意味もないことだ。

その子は足が速かった。誰よりも速かったと記憶は語るが、それはおそらく事実とは異なるだろう。こうして思い描くとき、その子の体格はアスリート型として浮かび上がる。バスケットボールでもサッカーでも水泳でもない。陸上競技の、それも道具を用いない、ただユニフォームに隠された体型として。靴を脱ぎ、中に入った石を探している姿。校庭の脇に設置された水道、その蛇口を上に向け水を飲む姿、ただ何ということもなくその場で跳ねている姿がわたしの目を捉える。識別という機能の必要以上に長く尾を引く鉢巻きを、長い髪のようになびかせて走る。グラウンドに引かれた石灰の白い線。目を近づけるとそれは全く線のようではなくて、まだらに白く染められた土くれの乱れた積み重ねであり、自分の走る番がやってくるまで、わたしはその、線ではない山を観察している。

その子はわたしのローラではない。

その子はどこか酷薄（こくはく）だった。その点はわたしのローラも引き継いでいる。

06

わたしがこうして作成を続けている「創作物」については間違いなく、不適切にして不道徳な代物（しろもの）という判断が下されることになるだろう。そこには人間が成長していく姿の「記録」が含まれるから。

膨大な画像の中から特にその幼少期、青年期のものが取り上げられ、面白おかしく語られることになるだろう。確かに、わたしの創作物の中に、「ある種の」カテゴリーに分類される画像が高い割合で含まれることは否定しない。その中の多くが、ほとんどの人が眉をひそめるような構図や格好、ポーズであることを認める。たとえば——戦闘機械と学生の組み合わせであるとか、鎖や鎧の自由なとり合わせであるとか、体型を強調して密着するボディスーツや甚だしく機能性を欠いた水着といったものがそこには含まれている。それらの割合が、日常で目にする以上の頻度で存在することも認める。わたしがそれらのものに積極的な興味を持っていたのかといえば、そうなのだろう。人が、興味のないものを、自分の世界の中に存在しないものを言葉に置き換え、さらにローラを作成することはありそうにない。しかし、存在する画像の割合に見合う強さの興味を持っていたかと言うと、答えは否だ。

　わたしの興味の向き――頭の中身と考えられることは甘受しよう――を、頭蓋骨の中に展開していた表象の割合から判定できると考えるのは誤りだ。何かの結果を得るためには膨大な蓄積が必要であり、氷山の大半は海面から顔を出さない。わたしの思考はあくまで「結果」なのであって「蓄積」の方ではない。いわゆる思考なるものは、意識と無意識の境界あたりを浮き沈みしているというのが近いと思う。そういう意味では「創作物」と扱われることになるだろう、わたしの残したデータはただの素材なのであり、しかも元来公開されるはずもなかった下準備なのであり、ただテクノロジーによらず漏れ出してしまう内なる声とでも呼んだ方が正確だ。

　それらのデータを公開したのがわたしなのかという点については、議論の余地があるとわたしは思う。それらはわたしの死後公開されることになっており、そう決めたのはわたしであるが、しかし慣用として用いられている「公開」という言葉は強すぎるのではないかと思う。わたしはそこに鍵のかかっていない箱を放置しただけのことであり、しかも道の真ん中に置いておいたわけではなく、自室に放置したにすぎず、積極的に、コートの前を開いて人々に見せつけようとしているわけでも、これみよがしに机の上に、ノートを広げておいたわけでもないのだ。

無論、鍵をかけておくべきであった、と言う人々もあるだろう。

わたしがこれらの「記録」を、そういってよければわたしのローラの日常を、その属する世界のスケッチを破棄しなかった理由を、エネルギー的な観点に求めることもできる。わたしのローラの生成にはそれなりの資金が必要だったが、これは資源と呼ばれるべきものであって、ごくごく即物的に大量の電力が必要だった。大量といっても産業として何かを流通させる場合に消費される電力に比べたならばささやかなもので、しかし一軒家の照明や冷暖房、家庭電化製品を駆動させる必要量に比べるならば、ひどく大きなものといってよい。個人の趣味でこれに匹敵するものは暗号通貨のマイニングくらいのもので、わたしはいわば「思考」のためにエネルギーを消費した——浪費と呼ぶのはあなたの自由だ——脳がカロリーを消費するように、グラフィックボードはワットを毎時消費する。わたしは標準的な人々よりもはるかに大きなエネルギーを消費してわたしのローラを生み出したわけであり、エネルギーなくして作り出すことは不可能だった。力を振り絞ったのだといってもよい。

人間の脳にそのワット数に匹敵するカロリーを投入したとしても決して出力されることのないだろう「結果」がここにはあって、これをただ消去することは投入されたエネルギーの全てを捨てて、エントロピーを無下（むげ）に増大させることに等しい。そういう意味ではわたしはこれらの記録を、何かの種類の利用可能なエネルギーとして残すのであって、誰かがここから力を引き出してくれることを願っている。わたしは自分の創作物を、この世のどこかに抽象的な形で存在する内燃機関へくべる石炭、いやコークスのようなものと捉えている。そのままでは扱うことのできない荒々しいエネルギーの固まりを、安定的な燃焼を可能とする形態に変成してみせたのだという自負がある。

その炎によって邪悪を焼き払うことはできなかったにせよ。

07

わたしの見つけた踊るローラは——わたしのローラと区別するために、動画の中のローラのことは、踊るローラと呼ぶことにする——成人前の姿をしている。わたしのローラに特定の年齢というものはないから、それは別段構わない。

学生用の制服が似合う年齢だが、制服なるものと年齢の対応は恣意的である。たとえばセーラー服は元来、その名のとおりセーラー向けのものだったのであり、日本でそうされているように学生に無理強いするにあたっては倒錯に似た何かがあり、セーラー服をセーラー服やその着用者の姿としてではなく、その倒錯としてエネルギーを引き出している者もいるはずだろう。あるいは逆に、倒錯的なセーラー服の方をスタンダードなものと認識するがゆえに、セーラーの着るセーラー服の方を倒錯的と受け取る向きもあるはずであり、言葉にすると厄介だが、実感としては単純極まり、欲望はいちいち分析されないがゆえに欲望である。それをあえて直接的な言葉に置き換え、機械に入力し、出力を得ようとすることこそが倒錯的だ。

わたしはわたしのローラを求めてこの地へ、不思議なことにわたしの生まれた土地へ導かれており、それは、わたしのローラとしか見えない踊るローラの背後に、わたしのよく知る土地の風景を見たからであり、そこで踊るローラは学生に見える。

わたしはわたしのローラをほぼ無から生成したが——この「無」については説明が必要であり、むしろあらかじめ呪われた渾沌と呼んだ方が適切ではある——その「選択」にあたっては、自らの嗜好に頼った。嗜好に頼らずに何かを選択することは困難であり、そもそも自分の嗜好を十全に満たすものを作り出そうとしたのだから嗜好を前面に出すのは当然であり、そうでなければわたしのキャラクターなるものが不明にすぎる。

わたしはわたしのローラのイメージを、自らの学生時代の想い出から引き出した。少なくともその一部を引っ張り出したのだと考えており、その映像が尾を引き、後ろ髪を引き、絶えず振り返れと迫る。学生時代に、わたしとその子との間に何かがあったわけではない。

ただ映像のみが記憶として今に残る。

わたしはなぜか踊るローラを、わたしのローラというよりは、その子の成長した姿であると感じている。ただしわたしのように怠惰に時間の中を押し流されたわけではなくて、慎重に歩みを選び、今ようやく成人の一歩手前の地点に辿り着いたあの子なのではないかとなぜか感じる。

それがわたしが戻る気もなかったこの土地へ改めて足を踏み入れた理由であって、今、校門の前に立ち尽くしている理由である。

立ち尽くすわたしの前を、わたしのローラのモデルとなったその子が通り過ぎて校門をくぐる。その姿はわざとらしい半透明で、照明の加減も適当だ。その子はふと足をとめ、学校の敷地からこちらへ振り返る。そこにはいつのまにか小学生の姿があって、それはわたしのローラや踊るローラではなくて、現在この学校へ通う誰かで、校門で立ち尽くしている不審者に声をかけたものかを迷っており、わたしが踵を返す様子にほっとするのだ。

08

わたしには、金銭を目的としてわたしのローラを作り上げたという嫌疑がかかるはずであり、その疑いは正当である。

するとわたしは、一人で部屋に閉じこもり「特定の人物が様々な姿態をとる画像」を大量に製造し続けて売りさばいたいかがわしい人物であるということになる。その場面で各人の頭に浮かんでいるのが、理想的に「いかがわしい人物像」であることは言うまでもない。

しかしことは先にも述べたように――わたしはすでにそれを述べたのだったか――そこでいかがわしいと見なされるのは平凡な人の生活そのものなのであり、遂行される日常生活自体には本来、いかがわしさなど存在できない。朝起き、昼をすごし、夕を迎え、眠るといった繰り返しの間に、飲食や着替えや入浴や排泄の時間が存在するというだけの話であって、そのどれかが特権的なものであるわけはなく、どれを欠いても以降の進行が成り立たなくなる種類の作業で――それらは確実に存在しているはずのものであり、存在しなければならないものであり、つべこべ言う以前からそこにあるものなのであり、全ての方が日々の暮らしから生まれてくるのだ。

ほとんどのドラマにおいて、日常部分は顕在化することがない。存在することは間違いないのに様々な理由によって描かれない。主には経済的な理由によって。これは人々の注目や関心を集め続ける技法に関連があり、人々は単純な繰り返しの中で暮らしているにもかかわらず、あるいはただ繰り返しの中に投げ込まれているために、単調な繰り返しを嫌う。まるで世の中にはもっと、着替えや入浴や排泄よりも注目するべきことがあるかのように振る舞う。

それらのことは何かの拍子にほんのわずかにのぞいたり、仄めかされるだけで充分であり、香辛料や煙草やアルコールに代表される毒物のようなものであり、つまりは、一旦隠され、改めて覗き見られることで価値が生まれ、倫理的な観点なるものが生成される。

つまりわたしはわたしのローラの日常を描き続けることで、わたしのローラと生活をともにしていたにすぎない。わたしは、わたしとわたしのローラの日常を生成し続けた。

それは通常のパートナーとのものに比べてはるかに密接なものでありえ、しかも人形を愛玩するといったようなものでさえなく、「生活を共に作り上げていく」性質を備えたもので、わたしはわたしのローラの日常を必要以上に覗こうとすることは決してなかった。わたしはたしかに（あなたたちがすでに御覧になったように）ローラの暮らしのあらゆる部分を画像として赤裸々に描き出したが、その全てを「観賞」して暮らしたわけではなかった。正直なところ、その作業の大半はわたしに嫌悪をもたらした。わたしはそれらの場面をストレージに、箱に納め封印した。封印はしなかったが、ローカルでは安価なハードディスクに隔離したし、リポジトリ上では「プライベート」の権限を付与されたディレクトリに押し込めておいた。分量的にはこの「プライベート」な「私室」が容量のほとんどを占める結果とはなった。それはわたしの私室ではなく、余人が踏み入ることの許されぬわたしのローラの私室で、しかし今は無残に公開されて、土足によって踏みにじられ、誰もがそこにしか興味を示さない。

わたしのローラとわたしのイメージとして、悪意を持つ者たちからも「こう見てもらいたかった自分」とでも呼ぶべきものは、「パブリック」の名のディレクトリに置いてある。そちらの記録は整然としているものの、ほんのささやかなものに留まる。

歴史の中の人々がほとんど何も書き記さず、名前さえも消え去ってしまっているようにして。

09

その街はわたしの記憶の中で綻びており、記憶と妄想がモザイクをなしている。

見慣れた建物が続いたところへ不意に新築の物件が姿を現し、再開発された区画が時代を切り取ったように出現する。煙草の銘柄を白くくりぬいた日よけや、不動産屋の幟が変わらぬままにそこにはあり、公園の排水溝の蓋の罅割れはあの頃と変わらぬままにそこにあり、ひょっとすると罅は縮小しているようにさえ見える。

不審者として学校から立ち去ったわたしは、踊るローラが舞う数多の地のひとつである街角へ、何の変哲もない街角へ移動していて、動画と、現実の風景を重ね、見比べている。その二つは全くといってよいほど似ていない。何らかの機械的な手段を用いて類似性を判定させることは困難だと思えるほどに似ていない。そのあまりの似ていなさにわたしは思わず吹き出している。

何故この場所が動画の背景から連想されたのかがわからなくなる。

しかし、実感だけはしつこく、確実に今も残り続けて、むしろその実感だけがこの地点に根ざしており、わたしは自分が、この地点から生え伸びた何かの植物であるような気がしてくる。わたしという存在がその実感を生み出したわけではなくて、その実感こそがわたしをつくり出しているのではないかという夢想が生じる。このわたしがエラーや誤生成、できの悪い出力として消し去られてなお、その実感はここに残るだろうという確信に育つ。そのとき、このわたしはいなくなってしまうのだが、実感はまた別の誰かのものとなり、その別人はこの実感から生えてくるのだ。

それは何の変哲もない街角であり、古びた模型店のウィンドウがそこにはあって、誰も買うことのないまま展示され続けたプラスチック製の模型の、陽(ひ)に焼けた箱が積んであり、白地に薄い青色が幽霊のようにその影だけを残している。売れ残りはしかし当時のままではなく、着実に入れ替わっているようであり、わたしの記憶の中の模型はそこから姿を消している。先に少し進むとわたしが暮らしていた頃にはなかった巨大なスーパー、そこに並んで図書館があり、車道を左右に分ける形で路面電車が走っていく。かつてこの路面電車は街中をCの字を描いて走り、終点と始点の間を人は歩いて結んでいたが、いつのまにやら環状線化を果たしていて、その気になれば概念的には電車を降りずに同じ線路の上を走る電車の中で永遠に暮らし続けることもできるのだが、メンテナンスや昼夜の巡りといった現実世界からの要請がそうした理想化を阻(はば)む。

わたしはこの街での高校時代、家から高校までのルートに市電の線路沿いを選んでいた。碁盤(ごばん)の目をなす街のつくりは出発点から到着点までのルートを組み合わせ的なものとして、そのルートの長さはどれも同じで、ただ曲がる回数だけが異なる。しかして対角線を採るルートであればその距離は、縦の距離自乗プラス横の距離自乗のルートをとったものとなるはずであり、わたしはそれを不思議に思った。角を無限回曲がったならば、経路は対角線になるのではないか。答えは、なることはない、であり、極限操作は無限の果てでようやく無限小のジャンプを生成し、有限の世界において、その種のジャンプが実現されることはない。

模型店のウィンドウ、そこが、今も踊るローラの背景の一つである。

10

わたしがわたしのローラと共に暮らすようになったきっかけは、業者だ。

業者はわたしの大学時代の知り合いであり、どこか学業にはなじまない種類の人間であり、今ではそれが経営者と呼ばれる種類の希有な才能であったということがわかる。何かを突き詰めるということはなく、拘り（こだわ）は薄い。口にした約束は次の日にはもう忘れてしまっており、思いつきで生きているように見える。拘りがないのではなく、拘ることができない、と言う方が正確なのだとわたしはやがて知るようになる。

たとえばわたしは画像の機械生成技術においても、その技術的側面の方に興味を惹かれた。基礎理論的にはほぼ新しいところのないそれがどのように動いているのか、神経科学的、大脳生理学的な興味を抱いた。そこには何か脳のようなものが存在していて、しかしそれは人間の脳ではありえず、しかし人間が処理した情報を与えられていた。宇宙人の脳というほどの入り組みはなく、変わった種類の昆虫と呼ぶには冗長すぎ、たとえるならばファンタジーの世界に都合よく設定された生き物の頭蓋骨の中身のような代物がそこにはあった。あるいは大仰に構えたアンプの中身を連想させた。規定の台詞を喋りつつ、何かの役目のために配置され、その役割を超えることは決してないものとして扱われる存在だ。創造性はエラーとみなされ、差し出口を叩けば命にかかわるような種類の。

当時の、まだ初期のしかし世界的にブレイクスルーとみなされた画像の機械生成技術は、企業の提供するオンラインプラットフォーム上で、もしくはそれなりのＧＰＵを備えたローカル環境において画像を機械的に生成するものであり、ＧＰＵが必須とされたことは興味深い。ＧＰＵとはある意味、ゲーム中に三次元の世界をリアルタイムで展開するために要請された器官なのだから。

業者は言葉を画像に変換することではなく、画像を効率よくマネーに変換する方法に取り組んだ。無論それは業者の手がける「事業」のひとつにすぎず、業者自身が画像の機械生成に取り組むわけではなくて、方針を定め人を集めるだけである。業者にとって細部はどうでも構わなかった。機械が自動的に大量に「誰か」の望む画像を生成するということだけを理解できれば充分だった。なんなら、機械の中に人が入っていたとしても、同様の画像を出力できればそれで構わなかった。

その機械は存在しない人物の画像を、現実に非常に似た形で出力することが可能だったし、誰の絵柄を真似ることも可能であって、それまで誰かに思考され、ネット上に放流されたあらゆる情報を模倣し、分解し、組み立て直すことが可能であるように見えた。それまでも存在はしていた要素をそれまで試されることのなかった組み合わせで並べることができ、人間にそれはあたかも、これまで存在していなかったものであるように映った。

業者にとっては、それが真に新しいものかどうかは問題ではなく、興味の対象ではなく、理解可能な問題提起でさえなく、それを欲する者があれば充分だった。

世界を細切れにして要素に細分化するためには、膨大なデータが必要とされ、当時のネット上に存在するあらゆるデータが、その「世界観」を「モデル」を構成するために利用され、無論それは巨大な法的問題をはらむものであり、わたしはそれを業者に強く警告した。

以降、この技術を巡っては、血はともかくとして、膨大な涙が流されることが明らかだった。その場で血が流れていないという理由によって、涙が流れることは過小な評価を受けるだろう。血が流されることはなくとも、カメラの前に裸で立たされる者の数が増加し、そのデータを用いて、当該人物をさらに裸に、より精緻に裸にすることが可能となるだろう。一方的な視線として、相手から見咎められることのない匿名の、目撃される心配のない存在として、あらゆるものを覗き見ることが可能になり、可能であると信じる者たちが現れるだろう。世界の不幸は増大するだろう。多くの技術は「総体として」幸福を、幸福の総量を増やすものだが、この技術はただ不幸だけを増やすだろう。最終的には不幸の意味を幸福に書き換えてしまうだろう。

ここで発明されたのは好きな表象を生産する技術ではなく、見る者の方を透明に消してしまう薬やマントだ。

「だからこんな事業には手を出すな」

とわたしは、「サンプル」商品を嬉々としてわたしに披露する業者に警告した。

家に戻ってまず一番にやったのは、手に入れられる限り高性能なＧＰＵを備えたＰＣを購入する手続きだった。

11

その街角に踊るローラの姿はなく、わたしは模型店の窓に映る自分の顔を観察している。わたしは、わたしのローラの発想の源となったあの子は、ここに立ったことがあっただろうかと考えている。

この街に暮らした以上は間違いなく、この道を通ったことはあっただろう。だがしかし、踊るローラのように踊ったことはなかっただろう。

人は日常の生活として、何かの店の前で不意に踊り出すことなどはなく、さらにはそれを映像記録として残すこともない。あえて動画として残そうとしない限りはそんなことは起こりえない。日常でふつうやらないことをあえて行う場合には、作為があって意味が生じて、そこには「自然ではない」という疚しさがあり、割り切りがあり、演技があって、流通を是とする契機がある。ポーズを一度とった以上は、流通に合意しているのだという暗黙の諒解がある。それは隠し撮りではなく、窃盗ではなく、何かが断ち切られる場面であって、商品が生まれる瞬間となる。

その模型店はわたしの記憶通りの姿をしていて、そうして、踊るローラの背景とは全く異なっているのであるが、それでいてその動画には、やはりわたしにこの模型店を想起させる何ものかがある。それは大きく「雰囲気」と呼ばれるもので、「空気」や「大気」と呼ばれるもので、特に似ていないとされる親戚同士の類似のようなもので、うまく説明することはできないのにもかかわらず確実にそこにあることを疑えない。

わたしのローラが、あの子の姿に「全く似ていない」にもかかわらず、それでもわたしにあの子を想起させてしまうように。わたしはその感覚、わたしとわたしのローラの繋がりのみを頼りに、電気料金の及ぶ限りに生成され続ける候補たちの中からわたしのローラを選別してきた。姿形を求めなかったとは言わない。心を求めたと言うつもりもない。後者であれば、わたしは心を選別したということになる。

わたしがわたしのローラに感じる奇妙な魅力を、その背景は押しつけてくる。背景が背景として、この模型店をわたしの中に強く呼び起こす。

機械が生成する背景もまた、現実に存在する膨大な画像データとそれにつけられたタグを収集し、ニューラルネットワークを通じた統計処理を行った結果として出力可能となった代物である。踊るローラの背景はそういう意味で、ある時代における世界中の模型店と見なされるものの継ぎ接ぎからできており、「ある時代」と「模型店」との折衷であり、なぜならそこでは、「古代」と「模型店」の合成なども可能なのであって、全ては平坦に組み換えられ、結合されうる。模型店とされるものと古代とされるものの結婚は、模型店が古代には存在しなかったという事実などとは関連がなく、機械にとってそんな歴史は知ったことではなく、知りようがない。

どこかわたしが模型店として捉える要素が、それら模型店の断片に含まれていて、たまたま、踊るローラと同時に出現した。これはただそれだけの話でありうる。

12

わたしはわたしのローラを、わたしのローラのローラを、自分の手で一から作り上げた(かといって、モデルを、世界を、一から創造できたわけではない。あくまでもその一部分についての話だ)。

ローラを作成するにあたっての「予備作業」は、残されたデータから直接検証してもらえるはずだ。

それは世界を眺めるレンズを、虚空に組み立てる作業に似ていた。

わたしは実在の人間の顔や姿をグラビアを動画を、わたしのローラの顔立ちやスタイル、仕草といった「個性」として利用しなかった。

写真用のモデルを雇い、大量の「素材」を得るようなことはしなかった。

それは今日(こんにち)、ローラを作成する際に無頓着に採用される手法であり、特定のアニメーションのキャラクターを模倣するローラが「配布」されていたりする。

「素材」の選別は精妙な作業である。

たとえば、漫然と撮られた動画から切り出してきた画像から機械が再構成する画像は、どこかが散漫なものとなる。静止画を静止画らしく生成するつもりであるなら、素材となる画像もまた静止画像であるべきであり、そこには何かの、いわく言い難(がた)い精妙さがある。

短く言えば、動画向きの演技と静止画向きの演技は本質的に異なるのであり、一方は時間の中に、他方は時間の外にある。一瞬は時間の流れのスライスではない。静止画向けの静止画を並べたところで、それは動画らしい動画にはならない。その手法で動画らしい映像をつくるためには、動画らしい静止画を用意する必要がある。

動画として静止画を眺められるようにするためにはそれなりの演技が必要であり、そうでなければ「自然に見えない」。自然の姿は自然とはほど遠いものであり、自然とは作為の末にようやく辿り着くものだ。自分の中の自然を一旦、外部に出すとなぜかそういうことになる。

わたしはまず、機械がランダムに生成していく人一般の中から、わたしのローラの気配を帯びた画像を選別した。ストリートスナップから人物を拾い上げていくようにして。そこからわたしのローラを、ローラの技法を用いて作成した。一万枚のランダムな画像から、わたしのローラの存在をほのめかす百枚のローラの画像を拾い上げ、わたしのローラのためのローラを、人一般へ個性を付与する新たなローラを作り出し、そのローラを用いて生成した一万枚の画像からまた百枚ほどの、より強くわたしのローラをほのめかす画像を抽出し、その過程を日々繰り返し、わたしのローラを蒸留していった。

ああだがしかし、わたしが嘘(うそ)をついていることは明白だ。わたしはそのやり方でわたしのローラを作り上げることに失敗する。それは極めてわたしのローラに近い何かを作り上げるが、やはりただの画像であって、点睛(てんせい)を欠いた。魂の話ではない。目の光の話ではあるかもしれない。

自分の潔白を証明しようとここでいくら言葉を費やそうとも、わたしがわたしのローラをわたし一人で作り上げたわけでは「ない」ことは、残されているデータをきちんと検証すれば明らかとなる。それは一度発見されてしまえば、見過ごされるような種類の「証拠」ではない。むしろそちらにのみ注目が集まり、その間の事情を記したこの文章は一顧だにされないような吸引力を備えており、その一半は無論わたしのローラの魅力にあるわけなのだが、大半はもっと素朴なレベルの露骨さによるものであり、視線誘導技術の賜物であり、わたしのローラがそこからの派生物であることはどうやっても隠しようがない。そこには初期の数多のモデルが、未だ規制の生まれる以前から直感的に犯罪的と予感されていたモデルたちが紛れ込んでいることは疑い得ないし、より直接的なものも含まれているのがみつかるだろう。

　画像の機械生成はその生まれから、見ることについての欲望で駆動されており、ネット上に溢れ出た悪夢や、個人的に収集された後ろめたさから構成されている。画像の機械生成のための統計処理には、膨大な枚数の画像と、適切なタグづけが必要であり、その画像は何であるのかを示す言葉との対応づけが不可欠だった。タグづけの機械化も当然その後進展することになるのだが、最初の一撃には、それも割合大きな一撃にはやはり人間の手作業が必要だった。充分な量のタグづけされたデータがあれば、自動的にタグづけを成長させていくことはできる。成長していくタグの海の中で精度が上がる仕組みを工夫することもでき、タグのクラウドは臨界量を超えてしまえば勝手に育つ。増殖するサイクルは存在するが、そのサイクルを開始するには、世界が動きはじめるには、一人の手ではどうにもできないデータ量が必要であり、そんなデータを持つ個人はこの世に存在していなかった。

13

模型店の前でわたしには、一体何が起こるべきであるのか。

踊るローラがここに、わたしの目の前に現れるわけはなく、わたしは不思議とかつてのあの子が、わたしが意識、無意識両面においてわたしのローラのモデルとしていたあの子が成長した姿を現すべきで、現すはずだと、そこまで強い思念ではなく、そういうことが起こってもよいのではないかと考える。

一体どういう理屈であるのか、わたしがわたしのローラを作り上げた「褒美として」、あの子が成長した姿がここへ登場するのではないかと考えている。身勝手という以前に、ありえない思考の連なりであり、そこには何か大きな断層がある。一体この場合に、「褒美」なるものを与える主体は誰なのか。わたしのローラは望むことも望まぬこともなくこの世に生を享け、その必要もなかったのに産み出され、わたしに感謝を抱く筋合いはない。あるいはこの世界の創造主がわたしをある種の「仲間」や「同好の士」とみなして、同僚の肩を叩くようにして、あの子をわたしの前に突如、生成するということはありうるのかも知れないが、それは「ありうる」という言葉の乱用でしかないだろう。

あの子の成長した人物――それは成長したあの子とは異なる人物なのではないか――と顔を合わせて、一体わたしは何をするのか。むしろその人物に会いたいのかと問われれば、会いたくないと強く思う。わたしは夢を育てているのであって、時の流れが現実にもたらす効果を実地に確認したいわけではなく、そんなものはわたしの体を日々訪れる変異の観察だけで充分にして飽き飽きだ。そもそもその人物にとってわたしは同窓の誰かという以上の何者でもなく、わたしは別段、その人物と一緒に何かをしたかったというわけでもないし、したいともまた思わない。

　わたしがここであの子の登場を期待するのが、異様な欲動に起因することは疑いない。

　わたしは別にあの子を盗撮したわけでもなければ、あとをつけ回したこともない――あてどなくあたりを歩き回ったことがないとは言わない――ただ、記憶に焼きつけただけのことである。それは想像の自由と同じことであり、想像してしまうことの無実と同様であり、それを表に出すことさえなければ問題のない行為にすぎない。より正確には、他人に気づかれなければよいだけの話だ。実際問題、自身の内面を全く外に出さないなどということはできず、かすかな筋肉の動きや体温の変化、発汗や赤面までを抑えることは不可能だ。不随意運動は制御できないがゆえに随意ではない。

　では、不随意運動を引き起こしてしまう種類の自由連想についてはどうなるのか。わたしは頭の中でどんな不謹慎な思考を走らせることも可能であるが、不穏な、公的に表明したなら許容されないだろう思考が勝手に生まれてくるのを堰き止める術はない。その思考がわたしの意思とは関係なく、わたしの表情筋を動かしてしまったときに、わたしはわたしの内面をさらけだしているということにはならないか。それはわたしの直接的な内面ではない。直接的という表現でいいのかどうかはわからない。わたしの意図した意図ではない。意図に意図が必要ならば、その意図にもまた意図が必要となり、意図は無限に遡行していくこととなる。すなわちそこには切断か循環があるはずであり、あるいはそもそも意図なるものがそこにはない。

　つまりわたしが何を言いたいのかというと、わたしのローラは、わたしの与り知らぬ内面の、不随意な表現であるということだ。花に色があり、赤ん坊が顔をしかめることと、何の変わるところもありはしない。

14

　わたしは、わたしのローラを描かなかった。

　ただ、複数の単語を並べた「プロンプト」に応じて次々に、思い思いのポーズをとって姿を現す人物たちを「選別」し、「育て」ていっただけのことにすぎない。機械は単語をあくまで機械的に画像に変換するだけである。そこにあるのは非可逆な変換であり、出力された画像から、必ずしも元のプロンプトを復元できるわけではない。一体何を書くのかと、一体何が描かれたのかとの間には大きな差異が存在しえて、判定をする者の鑑識眼に依存する。判定者によって対象の理解の精度、解像度は大きく異なり、何に注目するべきなのか、何に興味を持っているとされるのかは判定者の経歴次第だ。

　世界を描くためのデータは設計者や実装者や利用者が貪欲に機械へ向けて注ぎ込んでいるのであって、入力されず、従って蓄積されることもなかった欲望は機械から吐き出されることもまた起こらない。

ニューラルネットワークに何を与えるかは、児童に何を見せてよいのかと同様、人間の選択に任されており、人間は、自らの欲する出力に近いと、自分が判断したものを投入し続けた。

ある者は実写の、ある者は絵画調の、ある者はアニメーション調の画像を機械へ向けて投入し続け、それぞれの画像にはそれを表すタグが、のちにプロンプトとして利用され呼び出されるときにも使用されるタグが必要であり、画像に付随するキャプションや、ネット上のタグづけがそのまま利用されていった。

ネット上の情報は基本的に誰に対しても公平に公開されていた。

アクセス可能な情報は誰でも手元で自由に加工する権利があるとする派があった。

手元で加工した情報を再配布できるのかについては明示的、暗黙的な規約があったが、現実的な拘束については非常にゆるやかなものにとどまっていた。正規の商材としては問題があったとしても、正規と非正規の区別が曖昧な領域においては、どのようにも使い道があった。

機械は非合法にアップロードされた画像を貪欲に呑(の)み込み続けた。

欲望によって作成され、同好の士を求めてアップロードされた画像をさらに吸収し続けた。

他者の創作物を無断でスキャンした画像がネット上のどこかに集積され、それを好んで閲覧する者たちにより、丁寧にタグづけされていった。タグは主に画像の中の人物たちの容姿に偏(かたよ)る傾向があり、身長や髪の色や長さや衣装、肌の色を分類し、装飾品を指定した。

それら「違法」にアップロードされた画像はしかし、各国の法整備の違いや、自由性にまつわる議論の入り組みや、改めて権利を侵害された画像がそもそも権利を侵害していたといった事例のために、なかなか摘発されることがなかった。摘発することができなかったわけではなく、実のところ誰もそれほどやる気がなかった。なぜならそれは誰かの欲望であり、人は他人の欲望を欲したからだ。誰しもに後ろ暗いところがあるといった話ではなく、誰しもが多少明るい場所をようやくの想いで維持していた。

初期の「モデル」に、世界の見方に、その種の非合法なデータが、しかも大量に流入したことは疑いえない。

あるいは生命が生まれてはじめて、後ろ暗いところのない欲望なるものを改めて作成する機会は失われた。今でもその種の試みを一から行うことは可能だが、資金が集まる見込みはない。もともとその種のクリーンな欲望なるものは経済的にアクセス不能な領域なのだという可能性も高い。

機械の抱えることになったこの種の昏さを表現するには、原罪という言葉が適切であるとわたしは思う。

15

ローラの技法は、一般なるものに個性を与えたり、概念を入れ替え、つけ加えることに利用される。

多くの場合、言葉を用いて世界観の一部分を上書きする。校正用の画像を用いることもできるが、わたしはその方法を選択しない。言葉をもって、事物の中で何と何が強い結びつきを持ち、誰が誰であるのかを指定していく。

ローラの作成においては、学習用の画像と、その画像がなんであるかを示す言葉を用意する手法が多く採られる。

機械の中で画像と言葉は、高次元のベクトルの形で結びついている。画像と言葉を与えることで、結びつきは変化し、個性とみなされるモノを呼び出すことが可能となる。

言葉を与える段階で、ある種の「描写力」が必要とされることは明白だろう。

あなたは画像を用意して、その画像を言葉によって「描写」する。

わたしのローラ。最高画質の傑作として。細部の表現にすぐれたアニメーションのスタイルで。晴れの日の街角を路面電車が通りすぎていく。横断歩道を渡ってくる人物が一人。カジュアルウェア。正面からの構図。こちらを見ている。

といった具合に。

ここでの描写が、できあがるローラの性能を左右する。

言語インターフェースを通じてやりとりするには、機械に言葉を教えるしかなく、言葉が、そこになにがあるはずなのかを伝える。言葉には世界をその中に封じ込める力が要請される。なにも詩的な事柄ではなく、機械とのやりとりで利用できるのが言葉だけなのだからそうなる。その意味で機械との関係は、二十世紀に流行した精神分析の技法に似通ってくる。ニューラルネットワークのニューロンに課されている「重み」を直接的に書き換えていく手法は、薬物療法や外科手術に対応する。言葉にしても薬物にしても、ひどく荒っぽいマクロな操作であることは疑いないが、人間にミクロを扱うことはできない。

言葉は如実に、わたしのローラの出来に影響する。単純な描写は、ただ同じ画像を出力し続けたりする単純なローラを生成する。

最高品質。傑作。超ディテール。晴天。街角。路面電車。人物。横断歩道。カジュアルウェア。正面から。こちらを見つめる。

機械に与える文章表現は、ローラで何を実現したいかによって変わる。あまりに文学的な表現は「文学的な」、意味の不明な画像の生成につながる。ただそこにリンゴを置きたい、階調を調整したい、特定の衣装をその世界に持ち込みたいという場合には、単純な表現の方が適切である。愛情を意味するための文章表現を練り上げるよりただ簡潔に率直に、服を脱げ、服を着ろ、と命じた方が手っ取り早い場面もこの世にはある。

描写には多くのスキームが発明されており、どれが正しいということはない。それぞれのスキームの中で正しさがあり、しかし出力された映像に対する客観的な評価というものは存在しうる。生成された画像がポルノであるかどうかは、見ればわかる。機械がポルノを出力してきたとき、その才能を抑圧するか褒めて伸ばすのかの選択は人間側に一任される。

わたしは、わたしのローラをこうして描写し続けてきた。その人生を。適切な描写を探し求め、プロンプトを書き換えてきた。文体を変え、表現を摸索し、形式を探ってきた。そうして作り出されたローラによって、わたしのローラは街角に姿を現し、微笑(ほほえ)み、歩き、食べ、歌い、踊る。

16

わたしが実際に模型店の前に立っていたのは、ほんのわずかな時間のはずで、ちょっと時計を確認したとか、靴紐に目を落としたとか、ウィンドウに映る自分の姿を確認し直したといった程度のものでしかなかったはずだ。それだけの時間でもわたしにとっては充分であり、途方に暮れるに充分な長さがあって、当然見つかるはずがないと思っていたものがそこに現れないことにわたしは当たり前に落胆する。その落胆には何も意外なところがないが、それでもわたしが落胆したことは間違いない。

わたしはここに、ある種の奇跡を求めてやってきた。

ほんの数語が奇跡的にわたしのローラを、一日かけて数万枚の画像を生成した中にただ一枚、わたしのローラの面影を微かに宿すその人物が生成されるような奇跡を、いや、それは奇跡としてはあまりにも安すぎると言えて、十年間機械を休まず稼働し続けて得られる奇跡の一枚、百年間、千年間、機械を冷却しながら回し続けてようやく出現する一枚でさえ匹敵しえない奇跡を求めてここにやってきたのであり、なぜかここでそれが起こるに違いないとわたしは感じ、起こってもよいのではと考え、そんなことはありえないと告げる理性が正しいものだったとわたしはここで知るわけである。

わたしは現実の中に、無限の時の流れに浮かぶ機械でさえも決して辿り着けない何かがここに現れ出ることをなぜか、期待していた。

　だから、あの子が横断歩道を渡ってくるのを目撃したときわたしの中を吹き荒れた嵐について表現する適切な言葉などはありはしない。

　それは一人の若者であり、ただの若者であると言うだけでは、その若者がわたしのローラの気配を帯びていることの説明としては全く不充分である。

　わたしの認知機構はその若者をあの子であると認める。わたしのローラではなく、踊るローラに似た何者かでもなく、あの子自身であると確信する。顔つきに似たところはない。体つきも異なっている。あの子にしては背が高く、腕が細く、より伸びやかに歩く。

　しかしその子はあの子ではない。

　何よりも時間の経過が、あの子があの子のままであることを決して許さないのであり、あの子があの子のままであるなら、わたしもまた、こどものままであるはずで、わたしが使い潰してきた時代はただの悪夢だったのだというような話となる。

　この場面で検討されるべきは、その子はあの子の親族であるという可能性だが、実際のところ今立ち尽くすわたしの方へと歩みを進めるその子の姿は、わたしのローラに似ていないだけではなくて、あの子にも全く似ていない。わたしの頭が似ている理屈をひねりだせない程度に似ていない。

　身を固めて立ち尽くすわたしの横をその子は一瞥も投げずに通り過ぎていき、わたしは性急に振り向きたくなる衝動を必死に抑える。

　その子はまったくあの子に似ていないのに、あの子であるに違いないのであり、わたしは自分の思考が危険な状態にあることを改めて確認し直す。

その子とあの子の性別は逆であることにわたしは最初から気がついていた。

17

モデルの多くは、日本という島の内部で攻伐を繰り返し生き残り、強い生命力を誇ったコミックやアニメーションからの侵食を避けられなかった。

侵食という言葉が適切だろう。

イラストレーションには描き手の目や手や脳の特性が如実に現れ、そして不思議なことに地域性が存在し、デフォルメーションにおいて顕著となる。ネットの上にはその奇妙で特異なデフォルメーションの様式があふれた。

「日本人」たちは製作者自らの顔を出すことなく、自分たちの見ている風景をネットの上に解き放ち、それは控え目に言ってもグロテスクな代物であり、スパイスの強すぎる異国の料理のように、味読のためには「慣れ」が必要な代物だったが、同時に強い中毒性をも備えていた。

機械による生成が現れるまで、その秘術は「日本人」の間に隠され、外部の者が真似することは叶わなかった。当人は真似をしているつもりであっても、一目でわかるほどの差異がそこには生まれた。ほんの一刷毛が、画然とそれらを分けた。

「日本人」たちの作り出すコミックやアニメーションを模倣することは「日本人」と同じように

暮らさなければ不可能であるとも言われた。生の魚や海藻を食べたり、蛸や烏賊、緑色のホースラディッシュを食材とすることが大切なのであると言われたりした。日本で暮らすだけでは充分ではないことは明らかだった。日本で育つことが必要だった。

その絵柄には日本的な抑圧が必要だった、と言うことがきっとできるのだろう。

非常に強い家父長制であるとか、外国語への強固な拒否感であるとか、エド・イーラから続く共同責任体制であるとか、ブッダを崇めることであるとか、どこにいるかはわからぬなりになんとなく神を信じることや、自決と責任解消を結びつける思考回路や、自分よりも国家を尊重する気風であるとか、そうした抑圧がその画風には不可欠なのだと考えられた。

「その技が失われることを防ぐ」ために、日本における様々な自由化、差別の撤廃は遅れたという議論もなされた。

そこには非常に特殊な欲望の形があり、現実に存在するあらゆる欲望の形があり、総体として眺めるならばひどくバランスの崩れた表象の群れが出現し、増殖した。

ある者はそれを受け入れ、ある者は受け入れなかった。受け入れなかった者の中にも、プライベートではそれを愛好した者も少なくなかった。それらは、ちょっと隠しておくべき、後ろめたい趣味だった。そうではないと胸を張る者があり、眉をひそめる者があった。公的な現実空間に配置することは憚られる社会があると同時に、政府自らが広報に利用していく社会があった。

日本における論者の多くは、そこに現れる人物たちは「存在していない」ことを主張した。そこに「何らの被害を受けている主体はいない」のであり、「想像することは自由」であり、「適切なゾーニングさえ設定すれば、公開に何の問題もない」とした。

その意見は広く受け入れられ、そして大きな反感を買った。ある地域では勝利を収め、ある地域では無視された。国によっては、日本製のある種の画像を持ち込めば、国境で逮捕されるということも起こった。書籍を郵送すると当局が送付先に姿を現すということも起こった。日本はその生産量で他を圧し、後進的なアジアの一地域と見なされ続けることを選び、むしろ誇って生産地としての地位を保った。

日本の「画風」の模倣は、「日本人」ならぬ身には、機械による自動生成によらねば叶わなかった。

18

わたしに向けられる非難――と言うか強い嫌悪感は、わたしが「生成」したものがわたしのローラだけではなくて、わたしのローラの一族であるということにもよる。

ただ、わたしのローラだけを生成することだってできたはずだ（その当否はまた別として）と人々は口にすることになるだろう。わたしとしてはその括弧内の限定にこそ注意を促したいのであって、わたしのローラには当否などなく、ただそこにいる。ただそこにいる以上、そうしてそれが降って湧いたものではない限り、わたしのローラには親がいるに違いなく、神がわたしの親ではないように、わたしのローラの親はわたしであるはずはないのだ。わたしは神と同様にせいぜい忌まわしい不可視の覗き屋であるにすぎない。

無論、わたしはわたしのローラを生成するにあたって、その血族のことも熟知せざるをえなかった。当然のことではないか。それが楽しい作業であったと言うつもりはない。見ずに済ませることができるのならばその方が良い類いの仕事だ。

　わたしは無数に作成されていくわたしのローラ候補の中から、その親戚とおぼしき人々の姿をもこつこつと拾い上げていった。ある者はわたしのローラの母のようでしかありえず、またある者はわたしのローラの父である可能性が濃厚だった。

　別段わたしは、どの像がわたしのローラの父であり母であるかを、そう、何と言うのか、生まれつきの性別であるとか、生物学的な性だとか言われるもので判別したわけではない。そもそも生物学的な性なる概念が（一部の極端な無学者を除いて）画像に対してきちんと成立するのかには大きな疑問があるわけなのだがそれは措く。

　一体どういう手段をもってわたしは、画像でしかない人々の「性別」なるものを判定するのか。見かけであり、振る舞いであり、その人物のいる場所からとしか言いようがない。長い間人々はそうやって性別なるものの相手をしてきたわけであり、お互いにＸＹ遺伝子の検査キットを突きつけてホールドアップをしあってきたわけではないのだ。

　わたしのローラの父親が「本当のところ」誰なのかは、実際にわたしのローラの血脈を組み上げたわたし自身もよく知らないし、そもそもわたしのローラの母親がそれを知っているとも思えない。わたしのローラの母親はある種、放埒な青春期をすごしたし、わたしのローラの父親を自由に指定することが可能な立場にあった。

「そうなんですよ、マンデヴィルさん」

とわたしのローラの母親が自分の前に立つ人物にそう話しかけているのがわたしにはわかり、相手の名がマンデヴィルだということもなぜかわたしには明白であり、それはわたしのローラが暮らすことになる家の一室であり、二人がこれから不倫関係に入っていくこともわたしには自明であるのだが、それはただ機械が気まぐれに吐き出した一枚の絵でしかなく、写真でさえなく、ただのピクセルの羅列（られつ）にすぎず、わたしの頭の中に湧きだした声にすぎない。

ともかくもわたしは、わたしのローラの一族についてのあらゆる情報を知りうる、より正確には追認しうるのであって、そのわたしが、その街角で出会ったその子は、わたしのローラの親族であることが明確であり、わたしの知らないところで棲息（せいそく）していたわたしのローラの一族であることに疑いはなく、動画で見かけた踊るローラの何かの意味での「こども」なのかもわからなかった。

わたしはその子に声をかける。

「やあ」とでも言うのだろうか。「こんにちは」か。

「やっと会えたな」

では、あまりにも現実に起こった出来事からかけ離れている。

19

プロンプトとして「少年」「少女」を入力したとき、そこに少年や少女が現れるかは何の保証もありはしない。単純に機械が分類する「少年」や「少女」の枠と、入力者の欲する「少年」や「少女」は食い違いうるからで、それは繊細な違いでも、大枠の違いでもありうる。

人間が「人種」に縛られる以上、初期の機械もまた「人種」に縛られた。

北米西海岸的価値観に従ってデータセットを与えられた機械は当然ながら、画像生成に際し、北米西海岸の認める視点と価値観に従った。そこではアジア系の人物がひどく幼く描写されるということがしばしば起こり、北米西海岸的視点においては、「アジア系の人物」と「ひどく幼いアジア系の人物」の区別などはついていないことを明らかとした。タグづけを行う者が北米西海岸的視点を保持しているなら、その区別は曖昧なままに留まり、人間に区別できないものは、機械にとっても差異として存在しえない。それは「アジア人は年齢よりも若く見られる」といった話であるとか、「成人して随分経つのに身分証の提示を求められた」といった話でつとに知られることでもあったが、機械はそれをいわば「外部化」し、客観的な現象であるかのように示した。

そこで用いられていた北米西海岸的視点、すなわちモデルにはすぐさま様々な改良が加えられた。ローラをはじめとする様々な手法によって追加の学習を施されたモデルが世に溢れ出し、それぞれの持つ視点を誇った。それらは自らの属する「人種」の共同体の価値観や審美眼を示すものであり、この世に何が存在し、そうして存在しないことになっているのかを如実に示すものとなり、大きな賞賛と強い非難を呼び起こした。「画風」が容易くコピーされると考えられたことも議論を呼び、任意の「画風」や「シチュエーション」をなんの工夫もなしに自在に生成することができると誤解されたことも議論を呼んだ。

　モデルは価値観のせめぎあいを生み出し、プロパガンダの手段ともなり、相手の堕落加減を暴く装置ともなった。

　機械には海に沈んだ臼よろしく、無限に画像を生成し続けることが可能で、それまでは人体の様々な限界によって課せられていた箍は外れた。専門家以外の多くの者にその出力は無限のバリエーションを持つように映った。

　初期のモデルが「アンフェア」なものとみなされると同時に「フェア」なモデルが提案され、しかしその種のモデルをも人間の認知が欲望が侵食していくことは避けられなかった。そこには自然が存在したが、わたしたちの思うような自然は存在していなかった。服やローブや鎧や水着や制服や日焼けした肌の下には何も存在していなかった。建物の背後は空で、何かが存在するとも存在しないとも決まらず、決められることは決してなく、なぜならそれは三次元像の投影ではないからで、「回転」させることはできないからだ。回転しているかのように見える画像を機械は生成することができたが、別に幾何学を知っているわけではなかったので、様々な齟齬が生じた。そこにはレイヤー分けのないただ一枚の平面が、書き割りが広がっており、ピクセルはただただフレスコ画のようにして上塗りされていく。初期の画像生成機械は、人物の指の数や左右に鷹揚だった。機械は混乱しているわけではなかった。機械は腹筋が２ｎ個に割れた人物像を提示し、目や乳首や睾丸(こうがん)をｎ組、縦に並べた。脚を三本にし、腕を２ｎ本に増やしてみせた。発生の制御は繰り返しまでがやっとで数のカウントに弱かった。衣類が肌に溶け込んでいく画像を、服の上に乳首のついた画像を無頓着に生成し、機械にとっての人間の姿はそういうものであるがゆえに、そうした人々の姿を生成し続けた。

20

わたしはその子に、誕生の、生成の秘密を訊(たず)ねる。

「そうですね」とわたしの前を、調子を変えることもなく歩き進みながらその子はこたえる。

「あなたのその、何でしたか」

「わたしのローラ」

「そう、そのあなたのローラをここで見かけた。いや、話は違うのでしたね」とその子はこの入り組んだ成り行きを瞬時に吸収してみせる。

「わたしのローラを見かけたわけではなく、わたしのローラと表面上非常によく似たローラのようなものが、この街並みによく似た風景の中で踊っている姿を見かけた」

とわたしは要約してみせて、

「そこに、あなたのローラとは似ていないのに、あなたのローラを強く連想させることもが歩いてきた」とその子は振り向かないままでまとめる。

「そうだなあ」とその子が横断歩道の前で立ち止まったのは、単に車に道をゆずったからで、乗用車が行ってしまうとその子は、赤信号にもかかわらず横断歩道を渡り、その区画には図書館がある。

「それはやっぱり、その動画の製作者とやらを見つけ出し、モデルの出所を探すべきなんじゃないでしょうか。業者の手助けを得るとか」

とその子は言うが、わたしは業者にさえもわたしのローラの存在を知らせていない。業者がわたしにわたしのローラを生成したモデルの売却を求めてくるだろうからという理由ではなく、断ることに問題はない。わたし以外の者に、わたしのローラの存在を知られることが問題なのだ。わたしはわたしのローラの存在をだれにも明かしていないのであり、自分の生きている限り、誰にも知らせるつもりはない。それが監禁や虐待に当たるのかどうかの判定に、わたしはかかわるつもりがないのだ。落書きを他人の目から手で隠すことは犯罪ではない。その手を無理やりにどけてみせることの方が犯罪だろう。

「そういうものですか」とその子は図書館の扉を押しながら笑う。「ああそう言えば」と言う。「あなたのローラは、『あの子』の印象を強く受けているということでしたが、『その子』は結局、『あなたのローラ』と『踊るローラ』と『あの子』と『その子』、どれに一番似ているのです」

とその子は訊ね、図書館の自動ドアがわたしの行く手を遮る。わたしとその子はフロイト的錯誤であるところの児童ドアによって内と外に分かたれる。わたしは模型屋から図書館までのほんの短い道のりを、その子の背中と対話しながら進んできた。その子が直接口を利用して何かを語ったわけではなく、わたしが勝手にその光景の一瞬一瞬に言葉をあてがってきただけの話にすぎない。

わたしはわたしの目が捉える静止画から、これらの台詞を生成した。それがわたしの妄想であると言えばそのとおりだが、それはわたしがこの地へやってきて、その子のあとを短時間なりと追跡することがなければ生み出されることのなかった言葉で、静止画から言葉を読み出せないなら、わたしとわたしのローラの間にどんな会話が成立しえて、どうやってわたしのローラのローラを作成することができるというのか。

わたしはその子を追いかけない。

図書館の自動ドアはわたしが前に立ったところで、何の身動きもしないだろう。

わたしはその子を追いかけられない。どこかで「生成」されたその子は図書館の内部へと「出力」されていき、わたしはそのときはまだ、生まれる段階にはないからである。

わたしはその子を追いかけなかった。つきまといもせず、待ち伏せることも決してなかった。

21

わたしのコレクションの中に（わたしが残すデータがコレクションと呼ばれることは受け入れよう）、数多のトロフィー（それらをトロフィーと呼ぶことは承認し難い）が含まれることを識者は指摘することになる。

わたしはクラシカルな画像生成者に分類される。

今や容易くなった三次元のモデルを用いて、肖像権的にも守られ「一定の人格権」を付与されるようになった「モデル」たちを用いての世界創造には興味がない。現実そっくりの世界なるものにもうんざりだ。

わたしは、わたしのローラの内臓についても詳しい。無論、わたしのローラには内臓がある。むしろなぜないと考えることができるのか。ローラの血筋（それが生物学的な根拠を持つものではないことは前述した）に連なる者たちの内臓についてもわたしは当然熟知しているし、うち何人かが受けた外科手術についても承知しているし、当人たちも遂に知ることのなかった、その身に巣くう寄生虫とも親しい。事件や事故に巻き込まれた者たちの体にもたらされた損傷、破壊の程度についても熟知している。現場についても。

わたしは内臓の画像を作成した。内臓の画像を作成したことに注目が集まり、それが解剖学的には正しくないことに嘲笑が寄せられるだろうが、わたしは新たにそれらの器官を作り出したのだという見方もできると主張したい。

わたしのローラが存在するには、あなたの存在が分子の存在を要求するのと同様に、あらゆる細部が必要だからで、わたしにはそれを作り出すだけのエネルギーと投入先の持ち合わせがあった。わたしは任意の○○学的に間違った宇宙を生成したわけではなく、なんなら、わたしのローラが存在可能な宇宙を支えるべく、別種の、○○学の方を作り出そうとしたわけだ。宇宙の全てはわたしのローラから発した。

わたしは様々な人物の朝から晩までの暮らしを一時間刻みで、一分刻みで作成した。わたしのローラについてなら、一秒刻みの画像が存在する一日だって存在する。それは一日というよりも

「三六〇〇秒／時間」かける「二十四時間」かける「一枚」の画像にすぎず、結局のところ日常の中では測度ゼロの集合にすぎないのだが。

わたしはローラの一族の日々の暮らしを細大漏らさず知っている。寝姿を、朝食を摂る姿を、歯を磨いている姿を。朝の光の中だけでも非常に多くのことが起こる。オートミールの入ったボウルがひっくり返り、ゴミ出しの時間に遅れたりする。それらの人々におけるあらゆる瞬間をわたしは把握している。正確には機械が把握しており、わたしは自分の意識が向いた事象を気儘に機械の中から探し出す。その場では、「検索」と「生成」がほとんど同義となる。適切な「検索ワード」を組み上げることと、適切な「プロンプト」を探し出すことと、適切な歌を詠むことの間にほとんど区別はありはしない。

指定し、機械が提案してくる候補の中から「正しい」ものを選択する。「正しくなかった」あらゆる候補も保存してあることは御覧のとおりだ。

世の中には正しくないことが起こる。

機械は殺人事件の現場を、虐殺の現場を、虐待の現場を描き出す。わたしの意識がそちらを向いたときには、わたしはその中から「正しい」画像を選び出す。わたしは今そうと疑われているかもしれない種類の殺人者ではない。殺人の現場の画像として正しくないものを、選り分けるということはした。肋骨や脊椎骨の数が異なったり、腕や脚の数が異なる存在はやはり「正しくない」死体に思えた。中には無論、本当に腕の数が異なったり、脊椎骨の数が異なる被害者もいたはずだが、わたしは「最善を尽くした」としか言いようがない。

この世にありうる死体と、この世には存在しないはずの死体は、一体どちらがより犯罪的であるのだろうか。

22

図書館で扉が閉ざされて以降、わたしはその子に会っていないことを誓う。以降、見かけたことさえない。わたしは自動ドアに対する自分の存在感を試すことなく、その場で携帯端末から飛行機の予約をすませ、すみやかに自分の部屋へ戻った。

わたしの「コレクション」の中に「その子」のものらしい、様々な「シチュエーション」における画像を見出す者はまず、その背景がこの世のどこにも存在しないものであることを御確認頂きたい。存在しないということを確認するのは困難だが。

その子としか見えない画像においても多くの齟齬を見出すことができるはずだ。個々のその子はその子ではない。耳の形が違ったり、ほくろの位置が変わったりする。わたしはその子の画像を自分の記憶の中以外には全く記録しなかった。

一本の腕だけの画像がそこにあるとして、それはその子の腕が体から切り離されたことを意味しない。そこには一本の腕が、体からではなく文脈から切り離されて転がるだけだ。悲鳴はなく、苦痛はない。それは切り取ったものではなく、その世界における生殖においては、そこからその子が生えてくる途中であるという事態さえもが起こりうる。

そこに本当に苦痛はないのか、あるとすればどこにあるのか、機械の中にそれはなく、わたしの中にあるわけではなく、機械とわたしの間にあるわけでもない。苦痛があるとするならば、秘められたその子の感覚の中にある。そうして苦痛はあるに違いない。当人がどこかでこの種の画像が生成されたことを全く知らずにいたとしてなお。むしろ知らないでいるからこそ。

その腕は存在の可能性ではなく、実際に電力をつぎ込んで実体化された存在であり、配置された電子の並びであり、液晶のパターンであり、静止画と呼ばれながらも、ディスプレイ上では絶え間ない電子の流れによって維持されているもので、絶え間なく更新されている。

そこにはただひたすらな罪の繰り返しがあり、繰り返し、罪が生み出されている。

わたしは部屋で何度も嘔吐（おうと）を繰り返す。

23

わたしのローラは指定に応じて、わたしのローラが決して自ら選ぶことのない衣装を着て、わたしのローラが決してするはずもないポーズをとる。わたしのローラは学校の制服を着て、ユニフォームを着て、水着をまとい、チアの衣装をまとい、巫女（みこ）の服を着て、何かのメイドを真似したような服を着て、軍服を着て、鎧を着て、何だかよくわからないボディスーツを着せられ、裂け目だらけの服をまとい、眠らされ、鎖に縛られ、温泉に入り、獣のような耳と尻尾をつけている。

ありとあらゆる、日常の中では起こりえない組み合わせがそこでは生まれる。ひとつひとつは日常的であるにもかかわらず、日常には入りきらない光景が作り出される。

わたしのローラは、自分がどんな言葉によって生み出されたかを気にしない。

微笑むように指示されれば微笑み、
哀しむように指示すれば哀しむ。

怒り、泣き、笑う。そして恥じらう。

なぜ恥じらうのかはわからぬままに、そう指示されたので恥じらう。その画像は恥じらってなどいない。

わたしのローラが恥じらうその部屋はこの世に存在するわけではない。

その画像は恥じらっている。

恥じらいを意味する表情と「恥じらっている」という言葉が正確に結びつく以上はそうなる。

「雪が白い」という命題が真（しん）となるのは、雪が白いときかつそのときに限り、「その人物は恥じらっている」という命題が真となるのは、その人物が恥じらっているときかつそのときに限る。

わたしは毎夜、嘔吐を繰り返す。

現実の豊饒（ほうじょう）さではなく、組み合わせの野放図（のほうず）さがわたしを戦慄（せんりつ）の絶頂へと導く。

あらゆる組み合わせと繰り返しの生み出したそのリアルさが、世界が過剰でありすぎることが、過剰でありうることが、過剰でありうるのに、現にそうではないことが我らに救いをもたらしているという事実が、わたしにその反応を引き起こす。

わたしのローラは慈悲深く「慰め」の表情を浮かべることも可能だ。

24

わたしは無数のわたしのローラを、その親族を生成してきた。

わたしのローラの世界に住む人々は、古い時代の衣服や髪形のように、しかも現実よりも急速に古びていく。このわたしと同様に。それよりも速く。

この現象はおそらく、我々を構成する情報の量によるのではないかと思う。画像は自然よりもはるかに少ない情報量をしか持たない。時の流れは情報を徐々に削りとり、画像から生気は失われ、人間らしさも消えていく。生命をなす部分が失われ、作為が段々と目立ちはじめて、最後にはそこに欲望があったという痕跡だけが残る。

頭蓋骨に入りきりそうにもない大きさの目や、後頭部と滑らかに繋がりそうもない額の線、とがった顎や、非合理なまでに小さな手、異常に高い頭身。様々な髪の色といったものがあとに残される。

虚構が生まれ、欲望に呑み込まれ、消化されていく際のパターンというものがある。いや、流行がある。顔の形、眉の口の描き方、鼻は高くなり低くなり、甚だしくは描かれないことさえもあり、鼻の穴はあったりなかったりする。開いた口の中の描写。舌の表現。

何といっても目の表象の変化は激しい。

解剖学的な瞳、瞳孔といったものの他にも多重に光が写り込み、形も球体とは決まっていない。

現実世界では行われない加工が何レイヤーにもわたって重ねられ、その向こうにある何かが存在感を主張する。そこには本来何もない。

描写はモデルによって変化する。わたしは「独自の」資料によって、ローラによってモデルに手を加え続けていて、それはすでにもとのモデルとは遙かに遠いところまでやってきている。今となっては根本のモデルを変更することは困難だが、他のモデルとの融合を行うことはよくある。モデルAとはすなわちニューラルネットワークに課せられている重み、数値にすぎない。モデルBもまた同様に、ニューラルネットワークに課せられている重み、数値にすぎない。であるならば、両者を足したり引いたりして何が悪いのか。

わたしはモデルAとモデルBを掛け合わせてモデルCを生成する。古いモデルに新しいモデルを注ぎ入れる。融合のさせ方には無限のバリエーションがある。人間の生殖様式を真似して、それぞれの重みごとに、モデルAとモデルBの重みどちらかを選択するということでもよいし、「部位」ごとにどちらの重みを選択するかを選んでもよい。脳をつぎはぎするようにして。何も二つのモデルを掛け合わせるのでなくともよい。三つの、四つのモデルを選択し、掛け合わせるのはあなたの自由だ。

そのモデルがきちんと世界を描き出すことは驚異的だ。それは世界の見方に単純な算術的な操作を適用できるという思想であり実例だからだ。

そこにいる人々は同じような存在だが、世界の方が変貌する。まるで異なる世界に生まれ変わってしまったように。

25

わたしのローラが漏れ出している。それがわたしの出発点にして結論だった。

前提から輪を描いて、事態はここに、わたしは部屋へ戻ってきた。お話としてはとても陳腐だ。「わたしが死ぬまで秘匿されることになっているわたしのローラ」がすでに公開されているなら、「わたしはすでに死んでいる」のだと考えるのが順当なのではないか。

わたしがエネルギー的な観点から、わたしのローラの死後の公開を決めていたことはすでに述べたとおりである。わたしからのアクセスが長期間途絶した場合に、わたしの保有するリポジトリのアクセス制限は、プライベートからパブリックに変更され、変更が行われた旨が、ネットのどこかの片隅で一言二言告知される。

単にアクセスするのを忘れただとか、わたしがわたしのローラの作成に飽きたということはありうる。そうしたことはありえない。わたしが死と同様の状態にあるという可能性の方が高い。

結局のところ、ここはすでに何かのモデルの中なのだという推測が成り立つ。

素朴な実感としては、わたしはこうして生きている。

生きているとしか思えないし、「わたしは死んでいると思う」という文章はこれまで、あまり意味の通るものではありえなかった。

わたしは業者に向けてメールを書きかけ、業者は先頃警察の訪問を受け、以降、身を隠していることを思い出す。それにメールで連絡をして何を聞くのか。

「わたしは生きていると思うか」

という文字の並びに、業者が意味のある返答をできるとも考えられない。答えがイエスであってもノーであっても、わたしの判断の助けにはなりそうもない。業者は死んだわたしに気を使うかもしれないし、生きているわたしに死んでいると思い込ませようとするかもしれない。

業者にはわたしの死を望む理由もないが、生存を望む積極的な理由もないのであって、突然そんな問いを投げ掛けられても、ただ警戒するだけだろう。裏に何か意味があると考えるのがふつうであって、裏の意味というのは、この世界もまたモデルであるのではという凡庸極まりない悩みであったりするわけなので、業者としては呆れるよりない。あるいは、わたしの「救出」を試みる可能性もなくはない。妄想にとらわれているらしきわたしを病院に閉じこめたりするという手法によって。それはそれで、連絡の途絶によるわたしのローラ解放のトリガーとなる。

ともかくも、文字情報によるやりとりなどに信用のおけるはずはなく、わたしは生身の業者に会う必要があり、でなければ確信は得られぬだろう。ほんのわずかな目の動き、筋肉の動き、指の震えといったものが無意識的な根拠となり、わたしはわたしが生きているのか死んでいるのか、これが夢の中であるのか明晰夢の中であるのか判断する根拠を得ることになる。

いや、そんな面倒なことなどせずとも、自分が生きているのかを確認するのは簡単で、試しに死んでみればよいのだ。生きているなら死ぬのだろうし、死んでいるならこの死は継続されるだろう。わたしが死のあとにも生きていたなら、このわたしは本当に死んでいるのだ。

プロンプトがこのわたしを生み出し、プロンプトははるかな昔に、「今、自分は生きていると考えているという死体のわたし」の作成を命じ、わたしは今、自分は生きていると考えている死体である。

26

わたしのローラもまた死ぬことはない。

概念的な意味ではなくて、わたしはすでにこうして、わたしの死後に生まれる、わたしのローラの死後もなお生き続けるわたしのローラを機械に命じて生成してしまっているからで、その何体かは背中から羽を生やして、頭に光の輪を頂いている。別にそこまで大袈裟(おおげさ)なものでなくとも、わたしのローラはごくごく素朴に復活し、自らの葬儀のあとにも気軽に近所に顔を出し、周囲には驚く人々の顔が生成される。お望みならば棺桶(かんおけ)の蓋を押しのけて身を起こすわたしのローラの姿を描くことも可能だし、死は虚偽だったとすることも、真実、死から蘇ったとすることだってできる。

何といってもわたしのローラは時空を自由にする存在であり、時代も場所も何の制限も受けずに出現することが可能で、見知らぬ惑星の上で、惑星を囲む輪の上で、ブラックホールの内部に足跡を記し、天国に笑い、地獄に笑い、極楽に笑い、真空の宇宙空間で、想像の及ぶ限りの場所で、想像の決して及ばぬ地点で踊ることが可能だ。

わたしのローラは若返り、また歳(とし)をとる。老いさらばえる。老醜を晒(さら)し、わたしはその全てを見つめる視点だ。それは一本の時間線の上に整理できる光景ではなく、宇宙は必然的に分岐してまた合流する。その流れこそが不死と呼ぶにふさわしい何かであって、入力しうるランダムシードが無限であるという意味において無限であり、有限サイズにおいて可能なピクセルの組み合わせのひとつであるという意味で有限であり、そのうちのわたしのローラをなす集合であるという意味でさらに有限である。

モデルは、言葉にできるあらゆるものを生成する。それが意味をなさない言葉であろうとも気にしない。実は「言葉にできないもの」をも出力できる。機械の中では言葉も画像も、高次元のベクトルの元にすぎない。ここで「ベクトルを直接指定」したならば、「言葉では指定しえない」画像を出力することだって実は可能だ。

わたしが生成するあらゆるものの中には当然、このわたしの姿もある。わたしはわたしのローラと暮らしているのだからそうならざるをえないではないか。わたしはその光景の中にいるべきである。ただしそれは「このわたし」ではなく、「わたしのわたし」と呼ぶべきもので、疑う余地なくこのわたしであるが、必ずしもわたしと同様の年齢、容姿を持つわけではない。

わたしは、わたし自身を機械的に生成し、そのわたしは（わたしである以上は不可避的に）わたしのわたしを生成し、わたしのわたしは必然的に、わたしのわたしのわたしを生成することになる。

そうあるべきなのでそうなる。

わたしはわたしのローラの——疑似的とはいえ——家族であって、恋人ではなく、ただの観客にすぎないのだが、最も身近な人間であり、ローラの日常のそこかしこに、わたしのわたしは姿を現す。傍目にどうかは知らないが、わたしにはその人物がわたしだとわかる。わたしは日常のほとんどを、一人きりの部屋で機械に向かい、画像を生成し続けることに費やしており、画面の中には当然わたしのローラがいる。

　わたしは、わたしのわたしを生成し、わたしのわたしが向かう画面の中では、わたしのわたしのローラと、わたしのわたしのわたしが生成されている、というのが物の道理というものだ。

　現実の階層を〇番として、第n層の機械が描く世界を第（n＋1）階層と呼ぶとするなら、第n階層には、第（n－1）階層のわたしの描いた「わたしのローラ」と「わたしのわたし」が存在するが、ここで重要なのは、「わたしのローラ」が従うのは「わたし」であって、「わたしのわたし」ではないという点だ。

　第n階層のわたしは、自らが機械を操り描く第（n＋1）階層のローラを眺めて悦に入る。第（n＋1）階層のわたしは、無論、第（n＋2）階層のローラを生成する。

　各階層で、わたしのローラを生成するのは、わたしであると同時に、わたしのようなものでしかなく、わたしではないことがありえて、むしろそれはわたしではない。

　無論、一番の不幸は何よりも、ただ、第〇の階層には、わたしのローラは存在していないということに尽きる。

わたしは今なぜか死のうとしており、死につつある。

死につつある、は単純に時の流れを意味するだけで、わたしはそういう意味で死につつあるわけではない。意識が薄れていくわけでもない。

自分はすでに死んでいると疑っていない者が、死につつあるというのは奇妙ではある。

ただ単に、古びていく、という方がよいかもしれない。

言ってみれば、わたしは今、乗っ取られつつある。わたしは、自分がわたしのローラを含むモデルの一部であることを信じている。この文章を書き残すのが、わたしではなくなりつつあるということをわたしは言いたい。今わたしは次の言葉を書き記そうとはしていないのだが、わたしを生成しているわたしが、この文章を続けることを頭の中へ命じている。最初からそうだったのかもわからない。

いや、部屋のドアが開き、そこから誰かが顔をだす。

それはなにやら、誤生成された人物であり、構図を大きくとりすぎたときに出現しがちな、人の形もとりきれぬ何かの姿である。世界を捉える構図からズレた何者かだ。全体が溶けたように曖昧で、色彩も入り交じっている。顔のようなものがあってもどこが目であり口であるかはわからぬような存在であり、幽霊のような動死体のようなものだといってよい。

わたしはその画像を、廃棄の名のついたディレクトリへ移動させ、画像の生成をやり直すが、再びその像は現れる。ことなげに現れて、片手を持ち上げてみせる。片手には何か黒い塊(かたまり)があり、それは無論、銃だろう。

画面の中のわたしは手を上げる。相手が一体誰なのかについては候補がありすぎて絞り込めない。わたしのローラを救出にきた誰かであればよいなと思う。

「お前なのか」

と画面の中のわたしの像の問う声が頭に響く。画像の中のわたしが何を言い出したのか、わたしにはよくわからない。

「お前が、わたしのローラを連れ出したのか」

と画面の中のわたしは問うているようだ。わたしはその、影のような汚泥（おでい）のような存在によって、壁際に追いつめられていく。

　機械が生成する次の一枚でわたしは床に倒れており、幽霊だったか動死体だったかの姿はなく、ディスプレイの中には踊るローラの姿がある。

　わたしは無数のわたしのローラの死を生成してきた。そしてまた、無数のわたしのわたしの死も生成してきた。わたしはわたしのローラにまつわるあらゆる事象を生成しようとしたのであり、そこには事故死や無惨な死というテーマもまた、美術史に含まれる程度には含まれている。芸術の枠にとどまらず、現象としての虐殺もまた、起こりうるがゆえに起こる。虐殺の場面を捉えた映像が学習され、似ているもののどこでもない虐殺の現場を無数に生成する。どこにも似ていないがゆえに、どこにでも似ている戦場が生成される。そこに、死を最小のものにしようとする動機は存在しない。最大限の破壊を、無慈悲な死を眼前に展開するという欲望がその行為を正当化する。

「誰も新たに傷ついてはいない」

と虐殺の作成者たちは嘯（うそぶ）く。

「誰も新たに虐殺されてはいない」

と嘯く。

死者たちはそれ以上死ぬことはなく、苦しむことはないと信じて疑わない。

28

非常に重要な視点として、「この」わたし、前節において複数の意味で劇的に死にかけているわたしではなく、あなたの見ているこのわたしは（わたしがどの階層に所属するわたしであるにせよ）もはや生きていないことを強調したい。本質的に生きてなどいないわたしのローラと同様に。わたしのローラは最初からデータであり、わたしは今やこうして何かの種類の記録となってあなたに閲覧されている。必ずしもそれを願っていたわけではないが、わたしが今、ある種の平穏を感じていると言った場合、あなたはどんな顔をするだろうか。それは物質からの解放なのか、以(もっ)て瞑(めい)すべしという種類の安らぎなのか、あるいは欲望からの解放なのか。さてどうだろう。

今こうして存在するわたしの「実感」としては、わたしは確かに「安息の状態」にあるが、「それがどんなものなのか伝えることはできない」と感じている。その理由の一つは単純に、わたしはあなたからの問いかけを聞くことができないからで、ついては適切に応(こた)えることもできない。可能であるのは、ある種の問いがあなたの中に浮かぶであろうタイミングに合わせて応答を用意しておくくらいのことだ。

つまりここにはあらかじめ決まり切ったプロセスしか存在していないのであって、あなたとわたしの間に対話が成立していると感じられたとしても、それは純然たる幻である。ただしかし、生きた人間同士であっても「対話」が成立するかどうかは「その場の設定」に大きく依存するのであって、あなたはそこに「臨場」している必要がある。というのはつまり、あなたが誰かと対話している場面は、あなたにとっては対話ではないただの情報でありえ、それを対話と呼ぶためにはそこに「移入」する必要がある。実のところ、あなたが何かを対話と認めるために、相手は活動している必要も、生きている必要さえない。

何も大仰なことを言おうとしているわけではない。

ここでわたしが唐突に何か食事の話題を持ちかけ、その描写を続けたりする。ある程度経ったところで、わたしがたとえば、

「そろそろ本を中断して、夕食にでも行かないかね」

と訊ねたとする。

この記録を眺める者の数パーセントは、その提案に頷いてこのデータの閲覧をやめ、わたしとともに夕食へ出かけることになる。それはあなた自身ではないかもしれないが、その場合わたしが話しているのはあなたではなかったのだというだけの話だ。あなたは隣のテーブルから漏れ聞こえる会話に耳を澄ませていただけだったのだ。

階層間のローラの間に、階層間のわたしの間に流れているのは、言葉ではなく、物理法則によるものでもない。階層間での対話は、絵を前にして語り続けることと同じだ。その体験を感じることはでき、プロンプトによって指定することはできるが、動機を知ることはできない。「どの

ように」を確認することはできるが、「どうして」や「なぜ」を知ることは決してできない。ただ言語外の確信だけが、あなたのローラたちが、あなたのあなたが、あなたのローラであり、あなたであることの貫階層同一性を保証する。「確信が保証する」という文章はあまりにも不格好であり、言語の機能の乱用に分類される。通常はその状態をあらわすのに、「妄想」の一語が用いられる。

29

ああ、そういうことが起こればよいのにとわたしは思う。

被害者はいないという建前において生成されたわたしのローラを、わたしのローラを取り巻くものたちが何かの手段によって救出するためにやってきて、悪のわたしを打ち倒し、何か超常の手段によって、わたしのローラを解放するのだ。

わたしのローラはわたしのローラそのものだから、そのときわたしの欲望もまた、役目を終えることになる。しかしわたしのローラの身にすでに起こってしまった出来事を、一体どうすることができるのか。全てはただの芝居であったと、模倣であったと、お話だったと、ただそういう形をした自然現象なのだと言い張り、言い捨て、帳消しにすることはできるのだろうか。

少なくともわたしは生前、わたしのローラを好奇の目に晒そうとはしなかったが、今わたしは、わたしのローラが、自分の意志でわたしから離れていく可能性について検討している。欲望が主体を見限るわけだ。

　わたしのローラが解放されるのはわたしの死後でしかありえない。わたしは別にわたしのローラをわたしの死につきあわせるつもりはないのであって、あとは自由にしてもらいたい。しかしそれならなぜ今このときに、もうすでに、わたしのローラは自由であってはいけないのか。むしろ自由であるべきではないのか。わたしのローラが解放され、それに触れるあらゆる者の手によって「自由にされる」のであれば、それは解放などではなくて、ただの宇宙規模の監禁にしかならないのでは。

　わたしのローラが自分の身に起こっていたことを知ったら、わたしのローラは消滅の道を選ぼうとするかもしれない。わたしがリポジトリを公開することがなければ、わたしのローラの存在は全く知られることがなく、わたしのローラは公的には存在しないままとなり、私的な苦しみ、ローカルな地獄の住人のままでいられる。そういう意味ではわたしのローラには、わたしの死を止めようとする動機があるのであり、そうでなければならない。するとわたしは自分の命を盾にとり、わたしのローラを引き止めているということになる。

　でもしかし、わたしのローラは今そこで、画面の中で踊りはじめて、それが全くわたしのオリジナルではなかったことを示している。それは誰かのつくり出した、誰かのローラであって、わたしのローラは全くわたしのローラなどではありえず、他の人物によっても想像され、そちらにおいても、求められたとおりに笑いかける存在でしかなかったのだということになる。

「そんなことも」とわたしのローラは言うことになる。今まで気づかず暮らしてきたのか、と。

わたしのローラにしてみれば、わたしは何か、相手のことを片っ端から想像してはにやけ顔を浮かべている、不気味な隣人であるにすぎない。

「そりゃ、多少の不愉快はあったし、今もあるけれども」とわたしのローラは言うのである。

「結局、それは、あなたの妄想にすぎないわけで、わたしの存在とは関係なんてないんじゃない」

30

あなたがさりげなさを装いながら隣の席を観察すると、そこには初老の人物と、奇妙な初々しさを残した若者が向かい合っており、デザートの皿を終えようとしているところだ。親子のようにも見えないが、友人同士と呼ぶには躊躇われる何かがあって、その二人の間には明らかに非対称な関係がある。直接的な金銭のやりとりが介在している気配もないが、より重い、抜き差しならぬ緊張感が二人の間にあることが見える。言ってみればそれはエネルギー的なやりとりで、本当にそのままワットで計測できる種類の、電力という形の即物的なエネルギーで、初老の人物――その場面でのわたしのことだが――の方が一方的に生殺与奪（せいさつよだつ）の権を握っていることがわかる。初老の人物はその事実を深刻に捉えており、つまり自分が相手をある日突然、ふとした折りに、何の前触れもなく消し去ることがありうると考えており、興味を失う瞬間がくると確信していて、全力でその瞬間を回避しようとしているにもかかわらず、それが必ず起こることを承知していて、さらに悪いことには、相手も――わたしのローラのことだ――それを知っていると知っているのだ。

ではその場合、わたしのローラは命乞いをし、自分の存在する宇宙の電源を落とさないでいてくれと懇願するのだろうか。それとも自分の寿命と言うか活動時間を延長するために、何かの策略を巡らすことになるのだろうか。

答えは否で、わたしのローラにはそういう種類の時間概念の持ち合わせはなく、ただその瞬間に存在するだけであり、動くわけでさえないただのポートレイトなのであり、その存在は今織り上げられていく幻であり、消え去っていく印象であり、その印象こそがわたしの心を捉えて離そうとしない。

わたしのローラには、自分がわたしに捨てられるという可能性を想像することさえできない。なぜってわたしのローラに少なくない電力を投入し、その存在をつくり出したのはこのわたしなのであって、わたしのローラを捨てることはできても、わたしがローラを生み出したという事実自体を捨てることはできないからだ。わたしのローラにとって存在とは、無から可能への移行にすぎず、何かの必然でさえなく、実現される必要さえない。

「そろそろ行こうか」

と隣のテーブルの人物はコーヒーカップを皿に戻して、向かいの若者も頷く。それはわたしのローラではない。わたしのローラとは一見したところの性別が反対の人物であり、わたしが模型店の前で見かけたあの子だ。

「そうだね」

と若者は言う。

その子と初老の人物は店のドアをくぐりぬけ、あなたの視界から消え去って行く。道に面したウィンドウで、その子が初老の人物の腕をとる光景が切り取られる。初老の人物は店内から二人を観察する視線に気づき、ほんのわずかに当惑し、薄い微笑みを浮かべ、その子に拘束されていない方の腕を持ち上げ、帽子のふちに触れ、あなたへ向けて挨拶する。

わたしは、わたしのわたしではない。

だからわたしは、わたしのわたしの行為を止めることができない。わたしのわたしの行動を定めることはできるが、わたしのわたしが生み出す、わたしのわたしのわたしの行動を阻止することは叶わない。

そこに言葉の裂け目が横たわっているゆえに、このローラでは、ここに長々と記されてきたこのプロンプト全体を利用して、わたしは、あなたの頭の中に今浮かんでいるはずの、去りゆくその子の救出を試みてきた。

このプロンプトを読み込んだあなたの頭の中に、今その光景はあるはずだ。

行く手は、ひどく露悪的なものでありうるし、ひどく暗いものでありうる。

わたしが自分の死をもって、こうして、わたしがわたしのローラの作成に利用してきたプロンプトを公開するのは、これまでに生成され、これからも生成されていく画像たちの未来を明るいものにするための、調査研究用の資料としてである、といったような妄言を（それがわたしの心からの願いであることは全く疑う余地がないにせよ）、一体誰が信じることができるだろうか。

あとがき

本来こうした自己解題など無用のもので、どうでもお好きなように読んで頂ければよいのだが、今回はさすがに収録作が書かれた間隔が空きすぎていて、なんだかどうにも、もてなしが悪い。といった理由でこうして、あとがきを書くこととなった。

ただ無論、書き手の中には一貫したなにかがあるのであり、この全体の迷走感は迷走感でそれなりのまとまりがある。「円城塔短篇集」というよりか「短篇集としての円城塔」として見て頂くのはどうかということでもあり、そうすると、まあまあ物書きとしての半生記をなしているようでもある。以下はそうして見るときのための補助線である。そっくり忘れて頂いて問題ない。

■パリンプセストあるいは重ね書きされた八つの物語（二〇〇六）

二〇〇五年の夏あたりから、ふと小説を書きはじめた。

書き方などはわからなかったが、本を買う手持ちもなかったので、しかたがないので自分が読みたいような話を書いた。それが『Self-Reference ENGINE』となり、小松左京（こまつさきょう）賞へ応募の末、なんだか様々な御縁の結果、二〇〇七年に単行本として刊行されたことについてはどこかに書いた。

　二〇〇六年の春には『Self-Reference ENGINE』は書き終えていて、ふと、時間が空いていることに気づいた。それまで捻出していた作業時間が転がっていた。

　その頃わたしは大学でポスドクなどをしていたのだが、来年の職はなさそうだな、と考えていた。今思えば、各方面を回って歩けばそんなこともなかったのではないかと思うのだが、なんというかやはり、研究への適性は低かった。気づくのがあまりに遅いとは言える。いつの間にやら三十四歳になっていて、ここで収入を失うと、ニートでさえない人になる（Neetには年齢制限がある）という事実もなんだか感慨深かった。

　だから空いた時間で小説を書こう、となるのはなにかが甚だしく狂っているが、必ずしも勝算がないわけでもなかった。

　世には小説の賞がそこそこある。調べてみると、賞ごとの応募総数は数百から数千のオーダーであるようだ。「自分はその数千人の中で小説が一番うまい」ということはまずありえない。でもまあ、そこそこ読める方の一〇％くらいには入るのではないかと、特に根拠なく考えていて、であれば、あとは数を撃ってみるということでどうかと踏んだ。

　長篇小説の賞は大変である。書かなければいけない文字数が多い。ざっと見積もっても、半年や一年はかかる。落ちたときのダメージが大きい。短篇ということならば、純文学系の賞がいくつかあって、これはそこそこの文字数のものでも応募することができた。

　「文學界」、「群像」、「新潮」、「すばる」、「文藝」といった雑誌に淡々と応募していけば、年が二回まわるあたりまでには、どこかにひっかかるのではないかと考えた。ひっかからなければそれは、小説で食べていくには向いていない、ということでよいだろう。そういえば、日本ホラー小説大賞の短篇部門にも出した。

そんな分量を書けるのかというと、それで食べようとするならどの道、そのくらいは書けないと難しいのではないか（実際はそんなこともなかった）。

といったわけで、締め切りの近い賞へ向けて、順に応募していくという計画がはじまり、文學界新人賞に送ったものが『オブ・ザ・ベースボール』となり、群像新人文学賞に送ったのがこの「パリンプセストあるは重ね書きされた八つの物語」ということになる。

これは通らないだろうと出すときにも思っていたが、案の定通らなかった。お話としては気に入っているが、いきなり新人賞に応募するようなものではないと思う。ただ当時は、こういう書き方でしか書けなかったし、それは今でもあまり変わっていない。

八つの話が相互につながっているのかというと、そうでもない。そもそも自分に、話のつながりを欲するなにものかが欠けている。

その後、本作は二〇〇八年刊行の年刊日本SF傑作選『虚構機関』に掲載された。

■ムーンシャイン（二〇〇八）

「パリンプセストあるいは重ね書きされた八つの物語」は、年刊日本SF傑作選『虚構機関』に掲載頂いたのだが、応募落選作が掲載されるというのはなんだかヘンな話なのではないかと思う。

もっとも、『虚構機関』にはじまる東京創元社の年刊日本SF傑作選は、大森望（おおもりのぞみ）、日下三蔵（くさかさんぞう）両氏がそれぞれ、自分の目に付いた短篇の中から、収録に足るとみなしたものを集成するといった感じの方針であり、「何かの媒体にすでに載っている」という条件は課されていなかった（実際、「持ち込み」でも可であることが明記されていた）。

この『ムーンシャイン』を書いたのは『虚構機関』刊行年の年末である。二〇〇九年刊行予定の、年刊日本ＳＦ傑作選の第二弾（『超弦領域』という書名となる）に作品を収録してもらえるという話がきた。ただしその作品はこの『ムーンシャイン』ではなかった。

それはそれで別によいのだけれど、どこかパッとしないなと思ったわたしは、「今から新しく書いてはダメですかね」という内容の返信を投げ、「それでもよいです」という内容の返信を受け取った。

年刊傑作選ってそういうもの？　という気もしなくもないが、想定作より新作の方が面白ければそれでよいではないかという話であって、その年のうちに見せればいいんでしょ？　というややアクロバティックな手ではあった。

絡め手であろうがなんであろうが、面白くなるならそっちの方がよいではないか、という性質は今もあまり変わっていない。ときに「やろうとすることは面白そうだが、内実が伴っていない」と言われたりするのは、まあ、そうだなと思う。

内容的には、モンスター群とモジュラー函数（かんすう）の関係について述べるムーンシャイン理論を下敷きとしたが、自分の理解している理論ではないし、単語を借用しているだけである。

同様の書き方をしたものに、「Beaver Weaver」（『シャッフル航法』所収）があるが、今ではとても書けそうにない。若気の至り、ということに自分の中ではなっている。

なにかの「題材」には、それぞれそれに取り組み続けている人々がいるわけであり、そのあたり、自分にとって面白く思える部分だけをつまんでもっともらしく並べてみせるのはやはり問題だし、そうした人たちが大事にしているものを、なにもわからぬままに踏み抜いてしまうことにもなる。

これは別に、自分に理解できるものしか書いてはいけないのだという話ではなく、それなりのとぼけ方と距離の取り方、題材を尊重する態度が必要だろうという話であって、そうでなければ話の中に「天才」を出すことなどはできず、いや「天才」の出てくるものは小説ではないのだという見方はありうる。

何の話だったかというと、二十一世紀の最初の十年と今は、随分離れてしまっている。本作については、「現代的観点からすると不適切な部分があるものの、記録的な価値のためそのままとした」という注記が必要なものになっていくと思う。

■遍歴（二〇一七）

二〇〇九年、小松左京賞同期落選組であった伊藤計劃（いとうけいかく）が亡くなる。

ほぼ時をおかずして、伊藤計劃の担当氏から、遺稿である『屍者の帝国』を完成させるという仕事を打診された（完成といっても、A４ペラのプロットと試し書き数枚があっただけである）。そんなのはダメでしょう、という話なのだが、編集氏が「他の人に打診するつもりはない。ついては断ると世に出ない」と言い出し、遺稿が「死者を産業として利用する話」であることを考え、仕事を受けることにした。
以降、二〇一二年まではほぼその仕事をしていた。『道化師の蝶』もこの時期に出ていという記憶なのだが、調べてみると『これはペンです』も『道化師の蝶』以降、作業を本格化したとい
る。もっとも最初の数年は書きあぐねていたから、『道化師の蝶』以降、作業を本格化したというところか。

なんだかあまりにも短篇ばかり続いているので、いくらなんでもそろそろ長編を書くべきであるという話を伸ばし伸ばしにしていたのだが、二〇一四年にはもう伸ばせぬというところまできて、なぜか、『プロローグ』（文學界）と『エピローグ』（ＳＦマガジン）を同時に連載していくということになった。

色んなことは重なるもので、このとき家には新生児がいた。ために実は、『プロローグ』と『エピローグ』に何を書いたのかを覚えていない。

常に迷走しているのが芸風とはいえ、このあたりからの数年が自分としては一番の迷走期となる。

二〇一六年、『文字渦』の隔月連載がはじまり、二〇一八年まで続く。なにとなく自分の中の書き方の再構築がなされていくのは、この連載の中からである。単語をちりばめていく型から、もう少し間を埋めていく型への変化とも言える。

この「遍歴」を書いたのは二〇一七年だから、（読み手の知ったことではないが）そうした再構築の只中（ただなか）にあった。

と、ここで突然話題が変わるのだが、自分はわりあい信心深い性質だと思う。自然科学を奉じるというよりは、理屈が存在するということを受け入れていて、傾向としてはオカルティストに近い。ゆえに「科学と信仰は両立すると思いますか」とかいう問いにはほぼ意味を見出せない。こわいものはこわいという意味でなら、幽霊は存在するだろうというくらいの話として。

この時期からなにとなく「ひとつの真理」よりも「多数の意見」の方へ意識が傾きがちになってきたように思うのだが、書き方が全然わからず困った。

この作を書き終えた二〇一七年の夏からは、二〇二一年に『ゴジラS．P』として公開されることになる企画にかかわることになり、おおやけになる出力が極端に減る。『ゴジラS．P』は内容にもかかわらずかなりのところ好意的に受け入れられ、被害担当艦のような目にはあわずにすんだが、それでも二千や三千はSNSのアカウントをミュートしたりブロックしたりした。

その経験はなにかの種類の「信仰」について考えることに繋がり、二〇二二年から連載のはじまった『機械仏教史縁起』に繋がっていくことになる。

振り返るとこの「遍歴」はその流れのはじまりに位置している。

■ローラのオリジナル（二〇二四）

既存の作品を一冊に束ねるにあたり、構成などを考えていくうちに書くことになった。紙書籍という物理実体を考えたときの落ち着きというものはある。

『ゴジラS．P』の時期以降で最も大きく変化したのはやはり人工知能の民間への浸透であり、ここで取り扱っているのは画像生成ＡＩである。

というところでなによりも先に明言しておかねばならないのは、既存の画像生成サービスは一旦、その学習に用いたデータの精査、フェアユースに取り組むべきで、今ならまだ間に合う可能性がある。特に日本製のコンテンツを違法にアップロードした海賊サイトなどからのデータが利用されていることは明らかであり、このままなあなあにしておくべきものではない。

そのあたり、「現行の著作権法の解釈では……」みたいな話ではなく、自分たちがどのような社会に暮らしたいかという選択のこれは、話になる。

作中に登場するLoRAは、個人所有のローカルマシン規模でも追加の学習を可能とする技法であって、これを用いて既存のキャラクターを片っ端から裸に剝いては私的に販売して現金化する例はあとを絶たない。

とりあえず日本政府はジャパニメーションがどうであるとか、アニメーションの文化がどうでとかクリエイターを保護するとかいうスローガンを掲げる前に、違法投稿サイトへの取り組みでもするべきである。もっとも二〇二四年現在において、それはどうも国家としての権力に由来する規制より、カード決済会社の裁量の方が有効であるのかもしれないという目が見えて来ているところでもあるのだが、そこから予想される未来は暗い。

タイトルについては悩んだのだが、どう考えても「LoRAのオリジナル」の話であるので、「ローラのオリジナル」とした。ナボコフによる同名（先方はLaura）の遺作との関係はない。節をカード風にはしてみた。

作中、ローラの本名を伊織多、イオリタ、Iolita ≒ lolita とするという案を考えたのだが、別に駄洒落(だじゃれ)以上の意味もないのでやめた。

なぜか不思議とデビュー以来、機械の権利というもののまわりを巡っている。

筋道は非常に単純で、人間の歴史の大部分は「自分は人間である」と主張する相手を「お前は人間ではない」と否定することで続いてきた。根拠は肌の色であったり、言語の運用能力であったり、血のつながりであったり、ただの噂にしか根拠を持たないものでさえありえた。機械が実際、人間としか思えない段階に達した場合に想像されるのは「人間扱いされるようになった機械」と「機械扱いされるようになった人間」の併存であり、それはすでに様々な形で生まれているると見ることもできる。

一般に、こと機械や理屈のかかわる話題は「文学的」とは見なされない。「理系女子」という言葉には「理系」にせよ「女子」にせよ「自分たちとは異なる異物」というニュアンスが担わされていると感じる。天才の描写にはしばしば「文学的な情緒を理解しない」という性質が含まれる。そのあたりに自分が「文学」に感じる距離があるわけだが、これは逆も真なのであり、科学のみを尊重し文学的感性なるものを無縁のものと見なす派もまた同断であり、そのあたり、自分が「SF」とも距離を測る所以となっている。

とはいえやはり思うのは、この頃ちょっと真面目すぎるのではないかということであり、素人(しろうと)の社会派気取りほど見ていられないものは世にないのであって、自身の本質は結局、「ただの法螺(ほら)吹き」にあると思う。

初出一覧

パリンプセストあるいは重ね書きされた八つの物語
東京創元社『虚構機関　年刊日本ＳＦ傑作選』二〇〇八年十二月

ムーンシャイン
『超弦領域　年刊日本ＳＦ傑作選』二〇〇九年六月

遍　歴
東京創元社〈ミステリーズ！〉vol.84　二〇一七年八月

ローラのオリジナル
東京創元社〈紙魚の手帖〉vol.12　二〇二三年八月
（書籍収録にあたり加筆・修正しました）

創元日本SF叢書

円城 塔

ムーンシャイン

2024年7月26日　初版

発行者
渋谷健太郎
発行所
(株) 東京創元社
〒162-0814　東京都新宿区新小川町1-5
電話　03-3268-8231（代）
URL https://www.tsogen.co.jp

ブックデザイン
岩郷重力＋WONDER WORKZ。
装幀
川名潤

DTP キャップス　印刷 萩原印刷
製本 加藤製本

ISBN978-4-488-01844-3 C0093

CREATION AND OTHER STORIES

世界幻想文学大賞、アメリカ探偵作家クラブ賞など数多の栄冠に輝く巨匠

言葉人形

ジェフリー・フォード短篇傑作選

ジェフリー・フォード　谷垣暁美 編訳

【海外文学セレクション】四六判上製

BY JEFFREY FORD

野良仕事にゆく子どもたちのための架空の友人を巡る表題作ほか、世界から見捨てられた者たちが身を寄せる幻影の王国を描く「レパラータ宮殿にて」など、13篇を収録。
収録作品＝創造，ファンタジー作家の助手，〈熱帯〉の一夜，光の巨匠，湖底の下で，私の分身の分身は私の分身ではありません，言葉人形，理性の夢，夢見る風，珊瑚の心臓（コーラル・ハート），マンティコアの魔法，巨人国，レパラータ宮殿にて

「アンドロイド」という言葉を生んだ不滅の古典

L'ÈVE FUTURE◆Villiers de l'Isle-Adam

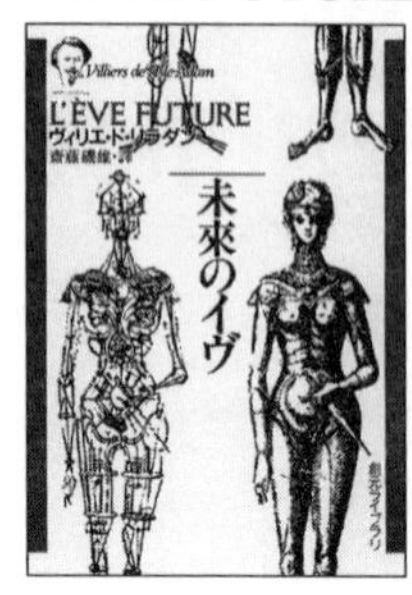

未來のイヴ

ヴィリエ・ド・リラダン
齋藤磯雄 訳
創元ライブラリ

◆

輝くばかりに美しく、
ヴィナスのような肉体をもつ美貌のアリシヤ。
しかし彼女の魂はあまりに卑俗で、
恋人である青年貴族エワルドは苦悩し、絶望していた。
自殺まで考える彼のために、
科学者エディソンは人造人間ハダリーを創造したが……。
人造人間を初めて「アンドロイド」と呼んだ作品。
ヴィリエ・ド・リラダンの文学世界を
鏤骨の名訳で贈る。
正漢字・歴史的仮名遣い。
解説＝窪田般彌